W0282703

Rainer Maria Rilke

Du musst das Leben nicht verstehen

Rainer Maria Rilke

Du musst das Leben nicht verstehen

Schöne Gedichte

marixverlag

FSC
www.fsc.org
MIX
Papier aus verantwortungsvollen Quellen
FSC® C083411

Bibliografische Information der Deutschen Nationalbibliothek
Die Deutsche Nationalbibliothek verzeichnet diese Publikation in der Deutschen Nationalbibliografie; detaillierte bibliografische Daten sind im Internet über http://dnb.d-nb.de abrufbar.

Es ist nicht gestattet, Abbildungen und Texte dieses Buches zu scannen, in PCs oder auf CDs zu speichern oder mit Computern zu verändern oder einzeln oder zusammen mit anderen Bildvorlagen zu manipulieren, es sei denn mit schriftlicher Genehmigung des Verlages.

Alle Rechte vorbehalten

9. Auflage 2016

© by marixverlag in der Verlagshaus Römerweg GmbH, Wiesbaden
Redaktion: Stefanie Evita Schaefer, marixverlag GmbH
Bildnachweis: Engel, Jugendstil-Illustration
Satz und Bearbeitung: Medienservice Feiß, Burgwitz
Gesetzt in der Adobe Garamond
Gesamtherstellung: CPI books GmbH, Leck – Germany

ISBN: 978-3-86539-298-5

www.verlagshaus-roemerweg.de

Inhalt

Gedichte, die keine Überschrift haben, wurden mit ihrer ersten Verszeile in das Inhaltsverzeichnis aufgenommen. Diese dient in einigen Fällen gleichfalls als Rubriktitel einzelner, thematisch zusammengehörender Gedichte. In allen anderen Fällen ist die Quelle an der entsprechenden Stelle angegeben.

I.

Mir zur Feier

Eine Auswahl
(1897–1898)

»Du musst das Leben nicht verstehen«

Das ist die Sehnsucht: wohnen im Gewoge
und keine Heimat haben in der Zeit.
Und das sind Wünsche: leise Dialoge
täglicher Stunden mit der Ewigkeit.

Und das ist Leben. Bis aus einem Gestern
die einsamste von allen Stunden steigt,
die, anders lächelnd als die andern Schwestern,
dem Ewigen entgegenschweigt.

Ich bin so jung

Ich bin so jung. Ich möchte jedem Klange,
der mir vorüberrauscht, mich schauernd schenken,
und willig in des Windes liebem Zwange,
wie Windendes über dem Gartengange,
will meine Sehnsucht ihre Ranken schwenken,

Und jeder Rüstung bar will ich mich brüsten,
solang ich fühle, wie die Brust sich breitet.
Denn es ist Zeit, sich reisig auszurüsten,
wenn aus der frühen Kühle dieser Küsten
der Tag mich in die Binnenlande leitet.

Ich will ein Garten sein

Ich will ein Garten sein, an dessen Bronnen
die vielen Träume neue Blumen brächen,
die einen abgesondert und versonnen,
und die geeint in schweigsamen Gesprächen.

Und wo sie schreiten, über ihren Häupten
will ich mit Worten wie mit Wipfeln rauschen,
und wo sie ruhen, will ich den Betäubten
mit meinem Schweigen in den Schlummer lauschen.

Ich will nicht langen nach dem lauten Leben

Ich will nicht langen nach dem lauten Leben
und keinen fragen nach dem fremden Tage:
Ich fühle, wie ich weiße Blüten trage,
die in der Kühle ihre Kelche heben.

Es drängen Viele aus den Frühlingserden,
darinnen ihre Wurzeln Tiefen trinken,
um nicht mehr könnend in die Knie zu sinken
vor Sommern, die sie niemals segnen werden.

Und einmal lös ich in der Dämmerung

Und einmal lös ich in der Dämmerung
der Pinien von Schulter und vom Schoß
mein dunkles Kleid wie eine Lüge los
und tauche in die Sonne bleich und bloß
und zeige meinem Meere: ich bin jung.

Dann wird die Brandung sein wie ein Empfang,
den mir die Wogen festlich vorbereiten.
Und eine jede zittert nach der zweiten, –
wie soll ich ganz allein entgegenschreiten:
das macht mich bang …
Ich weiß: die hellgesellten Wellen weben
mir einen Wind;
und wenn der erst beginnt,
so wird er wieder meine Arme heben –

Du musst das Leben nicht verstehen

Du musst das Leben nicht verstehen,
dann wird es werden wie ein Fest.
Und lass dir jeden Tag geschehen
so wie ein Kind im Weitergehen
von jedem Wehen
sich viele Blüten schenken lässt.

Sie aufzusammeln und zu sparen,
das kommt dem Kind nicht in den Sinn.
Es löst sie leise aus den Haaren,
drin sie so gern gefangen waren,
und hält den lieben jungen Jahren
nach neuen seine Hände hin.

Ich möchte werden wie die ganz Geheimen

Ich möchte werden wie die ganz Geheimen:
Nicht auf der Stirne die Gedanken denken,
nur eine Sehnsucht reichen in den Reimen,
mit allen Blicken nur ein leises Keimen,
mit meinem Schweigen nur ein Schauern schenken.

Nicht mehr verraten und mich ganz verschanzen
und einsam bleiben; denn so tun die Ganzen:
Erst wenn, wie hingefällt von lichten Lanzen,
die laute Menge tief ins Knieen glitt,
dann heben sie die Herzen wie Monstranzen
aus ihrer Brust und segnen sie damit.

Vor lauter Lauschen und Staunen sei still

Vor lauter Lauschen und Staunen sei still,
du mein tieftiefes Leben;
dass du weißt, was der Wind dir will,
eh' noch die Birken beben.

Und wenn dir einmal das Schweigen sprach,
lass deine Sinne besiegen.
Jedem Hauche gib dich, gib nach,
er wird dich lieben und wiegen.

Und dann meine Seele sei weit, sei weit,
dass dir das Leben gelinge,
breite dich wie ein Feierkleid
über die sinnenden Dinge.

Träume, die in deinen Tiefen wallen

Träume, die in deinen Tiefen wallen,
aus dem Dunkel lass sie alle los.
Wie Fontänen sind sie, und sie fallen
lichter und in Liederintervallen
ihren Schalen wieder in den Schoß.

Und ich weiß jetzt: wie die Kinder werde.
Alle Angst ist nur ein Anbeginn;
aber ohne Ende ist die Erde,
und das Bangen ist nur die Gebärde,
und die Sehnsucht ist ihr Sinn –

Engellieder

Lauschende Wolke über dem Wald.
Wie wir sie lieben lernten,
seit wir wissen, wie wunderbald
sie als weckender Regen prallt
an die träumenden Ernten.

Ich liess meinen Engel lange nicht los

Ich ließ meinen Engel lange nicht los,
und er verarmte mir in den Armen
und wurde klein, und ich wurde groß:
und auf einmal war ich das Erbarmen,
und er eine zitternde Bitte bloß.

Da hab ich ihm seine Himmel gegeben, –
und er ließ mir das Nahe, daraus er entschwand;
er lernte das Schweben, ich lernte das Leben,
und wir haben langsam einander erkannt …

Und ich ahne

Und ich ahne: in dem Abendschweigen
ist ein einstiger Opferbrauch;
tiefer atmend hebt sich jeder Hauch:

ein Erfüllen will sich niederneigen

zu dem schwarzen hingeknieten Strauch.
Und die Sterne trennen sich und steigen,
und die Dunkelheiten steigen auch.

Gehst du aussen die Mauern entlang

Gehst du außen die Mauern entlang,
kannst du die vielen Rosen nicht schauen
in dem fremden Gartengang;
aber in deinem tiefen Vertrauen
darfst du sie fühlen wie nahende Frauen.

Sicher schreiten sie zwei zu zwein,
und sie halten sich um die Hüften, –
und die roten singen allein;
und dann fallen mit ihren Düften
leise, leise die weißen ein …

Schau wie die Zypressen schwärzer werden

Schau, wie die Zypressen schwärzer werden
in den Wiesengründen, und auf wen
in den unbetretbaren Alleen
die Gestalten mit den Steingebärden
weiterwarten, die uns übersehn.

Solchen stillen Bildern will ich gleichen
und gelassen aus den Rosen reichen,
welche wiederkommen und vergehn;
immerzu wie einer von den Teichen
dunkle Spiegel immergrüner Eichen
in mir halten, und die großen Zeichen
ungezählter Nächte näher sehn.

Erste Rosen erwachen

Erste Rosen erwachen,
und ihr Duften ist zag
wie ein leisleises Lachen;
flüchtig mit schwalbenflachen
Flügeln streift es den Tag;

und wohin du langst,
da ist alles noch Angst.

Jeder Schimmer ist scheu,
und kein Klang ist noch zahm,
und die Nacht ist zu neu,
und die Schönheit ist Scham.

Im flachen Land war ein Erwarten

Im flachen Land war ein Erwarten
nach einem Gast, der niemals kam;
noch einmal fragt der bange Garten,
dann wird sein Lächeln langsam lahm.

Und in den müßigen Morästen
verarmt im Abend die Allee,
die Äpfel ängsten an den Ästen,
und jeder Wind tut ihnen weh.

Lieder der Mädchen

Ihr Mädchen seid wie die Gärten
am Abend im April:
Frühling auf vielen Fährten,
aber noch nirgends ein Ziel.

Ihr Mädchen seid wie die Kähne

Ihr Mädchen seid wie die Kähne;
an die Ufer der Stunden
seid ihr immer gebunden, –
darum bleibt ihr so bleich;
ohne hinzudenken,
wollt ihr den Winden euch schenken:
euer Traum ist der Teich.
Manchmal nimmt euch der Strandwind
mit bis die Ketten gespannt sind
und dann liebt ihr ihn:
    Schwestern, jetzt sind wir Schwäne,
    die am Goldgesträhne
    die Märchenmuschel ziehn.

Eh der Garten ganz beginnt

Eh der Garten ganz beginnt
sich der Güte hinzugeben,
stehn die Mädchen drin und beben
vor dem zögernden Erleben,
und aus engen Ängsten heben
sie die Hände in den Wind.

Und sie gehn auf scheuen Schuhn,
als ob sie die Kleider pressten;
und das sind die ersten Gesten,
die sie im Gefühl von Festen
ihrem Traum entgegentun …

Alle Strassen führen

Alle Straßen führen
jetzt grade hinein ins Gold:
die Töchter vor den Türen
haben das so gewollt.

Sie sagen nicht Abschied den Alten,
und ist doch: sie wandern weit;
wie sie so leicht und befreit
anders einander halten,
und in anderen Falten
um die lichten Gestalten
gleitet das Kleid.

Noch ahnst du nichts vom Herbst des Haines

Noch ahnst du nichts vom Herbst des Haines,
drin lichte Mädchen lachend gehn;
nur manchmal küsst wie fernes, feines
Erinnern dich der Duft des Weines, –
sie lauschen, und es singt wohl eines
ein wehes Lied vom Wiedersehn.

In leiser Luft die Ranken schwanken,
wie wenn wer Abschied winkt. – Am Pfad
stehn alle Rosen in Gedanken;
sie sehen ihren Sommer kranken,
und seine hellen Hände sanken
leise von seiner reifen Tat.

Gebete der Mädchen zur Maria

Mach, dass etwas uns geschieht!
Sieh, wie wir nach Leben beben.
Und wir wollen uns erheben
wie ein Glanz und wie ein Lied.

Du wolltest wie die andern sein

Du wolltest wie andern sein,
die sich scheu in Kühle kleiden;
deine Seele wollte seiden
ihre müden Mädchenleiden
weiterblühn am Lebensrain.
Aber tief aus deinem Kranken
wagte eine Kraft zu ranken, –
Sonnen lohten, Samen sanken:
und du wurdest wie der Wein.

Und jetzt bist du süß und satt
wie ein Abend auf uns allen, –
und wir fühlen, wie wir fallen,
und du machst uns alle matt …

Dein Garten wollt ich sein zuerst

Dein Garten wollt ich sein zuerst
und Ranken haben und Rabatten
und deine Schönheit überschatten,
damit du mit dem muttermatten
Lächeln gern mir wiederkehrst.

Da aber – als du kamst und gingst,
ist etwas mit dir eingetreten:
das ruft mich zu den roten Beeten,
wenn du mir aus den weißen winkst.

Oh, dass wir so endlos werden mussten!

Oh, dass wir so endlos werden mussten!
Immer noch Entfalten um Entfalten,
und wir haben unsrer Kälte Krusten
lange, lange für den Grund gehalten.

Und ob wir uns aneinander binden
und in Furcht uns immer fester fassen
und uns langsam, wie von Brunnenwinden,
weiter in uns selber gleiten lassen:

keine kann mit ihren blassen, blinden
Händen tastend unsre Tiefen finden.

Mir wird mein helles Haar zur Last

Mir wird mein helles Haar zur Last,
als wäre drin verwühlt
ein dunkler Limonenast,
der schon in seinem Blühn verblasst
und schwerer wird, weil er schon fast
erfüllt den Frühling fühlt.

Nimm du von mir
die bange Zier!
Du bist noch kühl und grün,
weil unter deinen Dornen dir
die Mädchenmyrten blühn.

Nach den Gebeten:

Es ist noch Tag auf der Terrasse

Es ist noch Tag auf der Terrasse.
Da fühle ich ein neues Freuen:
wenn ich jetzt in den Abend fasse,
ich könnte Gold in jede Gasse
aus meiner Stille niederstreuen.

Ich bin jetzt von der Welt so weit.
Mit ihrem späten Glanz verbräme
ich meine ernste Einsamkeit.

Mir ist, als ob mir irgendwer
jetzt leise meinen Namen nähme,
so zärtlich, dass ich mich nicht schäme
und weiß: ich brauche keinen mehr.

Das sind die Stunden, da ich mich finde

Das sind die Stunden, da ich mich finde.
Dunkel wellen die Wiesen im Winde,
allen Birken schimmert die Rinde,
und der Abend kommt über sie.

Und ich wachse in seinem Schweigen,
möchte blühen mit vielen Zweigen,
nur um mit allen mich einzureigen
in die einige Harmonie …

Der Abend ist mein Buch

Der Abend ist mein Buch. Ihm prangen
die Deckel purpurn in Damast;
ich löse seine goldnen Spangen
mit kühlen Händen, ohne Hast.

Und lese seine erste Seite,
beglückt durch den vertrauten Ton, –
und lese leiser seine zweite,
und seine dritte träum ich schon.

Oft fühl ich in scheuen Schauern

Oft fühl ich in scheuen Schauern,
wie tief ich im Leben bin.
Die Worte sind nur die Mauern.
Dahinter in immer blauern
Bergen schimmert ihr Sinn.

Ich weiß von keinem die Marken,
aber ich lausch in sein Land.
Hör an den Hängen die Harken
und das Baden der Barken
und die Stille am Strand.

Und so ist unser erstes Schweigen

Und so ist unser erstes Schweigen:
wir schenken uns dem Wind zu eigen,
und zitternd werden wir zu Zweigen
und horchen in den Mai hinein.
Da ist ein Schatten auf den Wegen,
wir lauschen, – und es rauscht ein Regen:
ihm wächst die ganze Welt entgegen,
um seiner Gnade nah zu sein.

Ich fürchte mich so vor der Menschen Wort

Ich fürchte mich so vor der Menschen Wort.
Sie sprechen alles so deutlich aus:
Und dieses heißt Hund und jenes heißt Haus,
und hier ist Beginn, und das Ende ist dort.

Mich bangt auch ihr Sinn, ihr Spiel mit dem Spott,
sie wissen alles, was wird und war;
kein Berg ist ihnen mehr wunderbar;
ihr Garten und Gut grenzt grade an Gott.

Ich will immer warnen und wehren: Bleibt fern.
Die Dinge singen hör ich so gern.
Ihr rührt sie an: sie sind starr und stumm.
Ihr bringt mir alle die Dinge um.

Nenn ich dich Aufgang oder Untergang?

Nenn ich dich Aufgang oder Untergang?
Denn manchmal bin ich vor dem Morgen bang
und greife scheu nach seiner Rosen Röte –
und ahne eine Angst in seiner Flöte
vor Tagen, welche liedlos sind und lang.

Aber die Abende sind mild und mein,
von meinem Schauen sind sie still beschienen;
in meinen Armen schlafen Wälder ein, –
und ich bin selbst das Klingen über ihnen,
und mit dem Dunkel in den Violinen
verwandt durch all mein Dunkelsein.

Senke dich, du langsame Serale

Senke dich, du langsame Serale,
das aus feierlichen Fernen fließt.
Ich empfange dich, ich bin die Schale,
die dich fasst und hält und nichts vergießt.

Stille dich und werde in mir klar,
weite, leise, aufgelöste Stunde.
Was gebildet ist auf meinem Grunde,
lass es sehn. Ich weiß nicht, was es war.

II.

Das Stundenbuch

Eine Auswahl
(1899–1903)

Gelegt in die Hände von Lou

Erstes Buch

Das Buch vom mönchischen Leben (1899)

Da neigt sich die Stunde und rührt mich an

Da neigt sich die Stunde und rührt mich an
mit klarem, metallenem Schlag:
mir zittern die Sinne. Ich fühle: ich kann –
und ich fasse den plastischen Tag.

Nichts war noch vollendet, eh ich es erschaut,
ein jedes Werden stand still.
Meine Blicke sind reif, und wie eine Braut
kommt jedem das Ding, das er will.

Nichts ist mir zu klein und ich lieb es trotzdem
und mal es auf Goldgrund und groß,
und halte es hoch, und ich weiß nicht wem
löst es die Seele los …

Ich lebe mein Leben in wachsenden Ringen

Ich lebe mein Leben in wachsenden Ringen,
die sich über die Dinge ziehn.
Ich werde den letzten vielleicht nicht vollbringen,
aber versuchen will ich ihn.

Ich kreise um Gott, um den uralten Turm,
und ich kreise jahrtausendelang;
und ich weiß noch nicht: bin ich ein Falke, ein Sturm
oder ein großer Gesang.

Wir dürfen dich nicht eigenmächtig malen

Wir dürfen dich nicht eigenmächtig malen,
du Dämmernde, aus der der Morgen stieg.
Wir holen aus den alten Farbenschalen
die gleichen Striche und die gleichen Strahlen,
mit denen dich der Heilige verschwieg.

Wir bauen Bilder von dir auf wie Wände;
so dass schon tausend Mauern um dich stehn.
Denn dich verhüllen unsre frommen Hände,
sooft dich unsre Herzen offen sehn.

Ich liebe meines Wesens Dunkelstunden

Ich liebe meines Wesens Dunkelstunden,
in welchen meine Sinne sich vertiefen;
in ihnen hab ich, wie in alten Briefen,
mein täglich Leben schon gelebt gefunden
und wie Legende weit und überwunden.

Aus ihnen kommt mir Wissen, dass ich Raum
zu einem zweiten zeitlos breiten Leben habe.
Und manchmal bin ich wie der Baum,
der, reif und rauschend, über einem Grabe
den Traum erfüllt, den der vergangne Knabe
(um den sich seine warmen Wurzeln drängen)
verlor in Traurigkeiten und Gesängen.

Wenn es nur einmal so ganz stille wäre

Wenn es nur einmal so ganz stille wäre.
Wenn das Zufällige und Ungefähre
verstummte und das nachbarliche Lachen,
wenn das Geräusch, das meine Sinne machen,
mich nicht so sehr verhinderte am Wachen –:

Dann könnte ich in einem tausendfachen
Gedanken bis an deinen Rand dich denken
und dich besitzen (nur ein Lächeln lang),
um dich an alles Leben zu verschenken
wie einen Dank.

Ich lebe grad, da das Jahrhundert geht

Ich lebe grad, da das Jahrhundert geht.
Man fühlt den Wind von einem großen Blatt,
das Gott und du und ich beschrieben hat
und das sich hoch in fremden Händen dreht.

Man fühlt den Glanz von einer neuen Seite,
auf der noch Alles werden kann.

Die stillen Kräfte prüfen ihre Breite
und sehn einander dunkel an.

Ich lese es heraus aus deinem Wort

Ich lese es heraus aus deinem Wort,
aus der Geschichte der Gebärden,
mit welchen deine Hände um das Werden
sich ründeten, begrenzend, warm und weise.
Du sagtest *leben* laut und *sterben* leise
und wiederholtest immer wieder: *Sein.*
Doch vor dem ersten Tode kam der Mord.
Da ging ein Riss durch deine reifen Kreise
und ging ein Schrein
und riss die Stimmen fort,
die eben erst sich sammelten
um dich zu sagen,
um dich zu tragen
alles Abgrunds Brücke –

Und was sie seither stammelten,
sind Stücke
deines alten Namens.

Wer seines Lebens viele Widersinne versöhnt

Wer seines Lebens viele Widersinne
versöhnt und dankbar in ein Sinnbild fasst,
der drängt
die Lärmenden aus dem Palast,
wird *anders* festlich, und du bist der Gast,
den er an sanften Abenden empfängt.

Du bist der Zweite seiner Einsamkeit,
die ruhige Mitte seinen Monologen;
und jeder Kreis, um dich gezogen,
spannt ihm den Zirkel aus der Zeit.

Ich finde dich in allen diesen Dingen

Ich finde dich in allen diesen Dingen,
denen ich gut und wie ein Bruder bin;
als Samen sonnst du dich in den geringen
und in den großen gibst du groß dich hin.

Das ist das wundersame Spiel der Kräfte,
dass sie so dienend durch die Dinge gehn:
in Wurzeln wachsend, schwindend in die Schäfte
und in den Wipfeln wie ein Auferstehn.

Der Ast vom Baume Gott

Der Ast vom Baume Gott, der über Italien reicht,
hat schon geblüht.
Er hätte vielleicht
sich schon gerne, mit Früchten gefüllt, verfrüht,
doch er wurde mitten im Blühen müd,
und er wird keine Früchte haben.

Nur der Frühling Gottes war dort,
nur sein Sohn, das Wort,
vollendete sich.
Es wendete sich
alle Kraft zu dem strahlenden Knaben.
Alle kamen mit Gaben
zu ihm;
alle sangen wie Cherubim
seinen Preis.

Und er duftete leis
als Rose der Rosen.
Er war ein Kreis
um die Heimatlosen.
Er ging in Mänteln und Metamorphosen
durch alle steigenden Stimmen der Zeit.

Was wirst du tun, Gott, wenn ich sterbe?

Was wirst du tun, Gott, wenn ich sterbe?
Ich bin dein Krug (wenn ich zerscherbe?)
Ich bin dein Trank (wenn ich verderbe?)
Bin dein Gewand und dein Gewerbe,
mit mir verlierst du deinen Sinn.

Nach mir hast du kein Haus, darin
dich Worte, nah und warm, begrüßen.
Es fällt von deinen müden Füßen
die Samtsandale, die ich bin.

Dein großer Mantel lässt dich los.
Dein Blick, den ich mit meiner Wange
warm, wie mit einem Pfühl, empfange,
wird kommen, wird mich suchen, lange –
und legt beim Sonnenuntergange
sich fremden Steinen in den Schoß.

Was wirst du tun, Gott? Ich bin bange.

Ich weiss: Du bist der Rätselhafte

Ich weiß: Du bist der Rätselhafte,
um den die Zeit in Zögern stand.
Oh wie so schön ich dich erschaffte
in einer Stunde, die mich straffte,
in einer Hoffahrt meiner Hand.

Ich zeichnete viel ziere Risse,
behorchte alle Hindernisse, –
dann wurden mir die Pläne krank:
es wirrten sich wie Dorngerank
die Linien und die Ovale,
bis tief in mir mit einem Male
aus einem Griff ins Ungewisse
die frommste aller Formen sprang.

Ich kann mein Werk nicht überschaun
und fühle doch: es steht vollendet.
Aber, die Augen abgewendet,
will ich es immer wieder baun.

Gott spricht zu jedem nur, eh er ihn macht

Gott spricht zu jedem nur, eh er ihn macht,
dann geht er schweigend mit ihm aus der Nacht.
Aber die Worte, eh jeder beginnt,
diese wolkigen Worte, sind:

Von deinen Sinnen hinausgesandt,
geh bis an deiner Sehnsucht Rand;
gib mir Gewand.

Hinter den Dingen wachse als Brand,
dass ihre Schatten, ausgespannt,
immer mich ganz bedecken.

Lass dir Alles geschehn: Schönheit und Schrecken.
Man muss nur gehn: Kein Gefühl ist das fernste.
Lass dich von mir nicht trennen.
Nah ist das Land,
das sie das Leben nennen.

Du wirst es erkennen
an seinem Ernste.

Gib mir die Hand.

Zweites Buch

Das Buch von der Pilgerschaft (1901)

Ich bin derselbe noch

Ich bin derselbe noch, der kniete
vor dir in mönchischem Gewand:
der tiefe, dienende Levite,
den du erfüllt, der dich erfand.
Die Stimme einer stillen Zelle,
an der die Welt vorüberweht, –
und du bist immer noch die Welle
die über alle Dinge geht.

Es *ist* nichts andres. Nur ein Meer,
aus dem die Länder manchmal steigen.
Es *ist* nichts andres denn ein Schweigen
von schönen Engeln und von Geigen,
und der Verschwiegene ist der,
zu dem sich alle Dinge neigen,
von seiner Stärke Strahlen schwer.

Bist du denn Alles, – ich der Eine,
der sich ergibt und sich empört?

Bin ich denn nicht das Allgemeine,
bin ich nicht *Alles*, wenn ich weine,
und du der Eine, der es hört?

Hörst du denn etwas neben mir?
Sind da noch Stimmen außer meiner?
Ist da ein Sturm? Auch ich bin einer,
und meine Wälder winken dir.

Ist da ein Lied, ein krankes, kleines,
das dich am Micherhören stört, –
auch ich bin eines, höre meines,
das einsam ist und unerhört.

Ich bin derselbe noch, der bange
dich manchmal fragte, wer du seist.
Nach jedem Sonnenuntergange
bin ich verwundet und verwaist,
ein blasser Allem Abgelöster
und ein Verschmähter jeder Schar,
und alle Dinge stehn wie Klöster,
in denen ich gefangen war.
Dann brauch ich dich, du Eingeweihter,
du sanfter Nachbar jeder Not,
du meines Leidens leiser Zweiter,
du Gott, dann brauch ich dich wie Brot.
Du weißt vielleicht nicht, wie die Nächte
für Menschen, die nicht schlafen, sind:
da sind sie alle Ungerechte,
der Greis, die Jungfrau und das Kind.

Sie fahren auf wie totgesagt,
von schwarzen Dingen nah umgeben,
und ihre weißen Hände beben,
verwoben in ein wildes Leben
wie Hunde in ein Bild der Jagd.
Vergangenes steht noch bevor,
und in der Zukunft liegen Leichen,
ein Mann im Mantel pocht am Tor,
und mit dem Auge und dem Ohr
ist noch kein erstes Morgenzeichen,
kein Hahnruf ist noch zu erreichen.
Die Nacht ist wie ein großes Haus.
Und mit der Angst der wunden Hände
reißen sie Türen in die Wände, –
dann kommen Gänge ohne Ende,
und nirgends ist ein Tor hinaus.

Und so, mein Gott, ist *jede* Nacht;
immer sind welche aufgewacht,
die gehn und gehn und dich nicht finden.
Hörst du sie mit dem Schritt von Blinden
das Dunkel treten?
Auf Treppen, die sich niederwinden,
hörst du sie beten?
Hörst du sie fallen auf den schwarzen Steinen?
Du musst sie weinen hören; denn sie weinen.

Ich suche dich, weil sie vorübergehn
an meiner Tür. Ich kann sie beinah sehn.
Wen soll ich rufen, wenn nicht *den*,

der dunkel ist und nächtiger als Nacht.
Den Einzigen, der ohne Lampe wacht
und doch nicht bangt; den Tiefen, den das Licht
noch nicht verwöhnt hat und von dem ich weiß,
weil er mit Bäumen aus der Erde bricht
und weil er leis
als Duft in mein gesenktes Angesicht
aus Erde steigt.

Lösch mir die Augen aus

Lösch mir die Augen aus: ich kann dich sehn,
wirf mir die Ohren zu: ich kann dich hören,
und ohne Füße kann ich zu dir gehn,
und ohne Mund noch kann ich dich beschwören.
Brich mir die Arme ab, ich fasse dich
mit meinem Herzen wie mit einer Hand,
halt mir das Herz zu, und mein Hirn wird schlagen,
und wirfst du in mein Hirn den Brand,
so werd ich dich auf meinem Blute tragen.

Und doch, obwohl ein jeder von sich strebt

Und doch, obwohl ein jeder von sich strebt
wie aus dem Kerker, der ihn hasst und hält, –
es ist ein großes Wunder in der Welt:
ich fühle: *alles Leben wird gelebt.*

Wer lebt es denn? Sind das die Dinge, die
wie eine ungespielte Melodie
im Abend wie in einer Harfe stehn?
Sind das die Winde, die von Wassern wehn,
sind das die Zweige, die sich Zeichen geben,
sind das die Blumen, die die Düfte weben,
sind das die langen alternden Alleen?
Sind das die warmen Tiere, welche gehn,
sind das die Vögel, die sich fremd erheben?

Wer lebt es denn? Lebst du es, Gott, – das Leben?

Alle, welche dich suchen, versuchen dich

Alle, welche dich suchen, versuchen dich.
Und die, so dich finden, binden dich
an Bild und Gebärde.

Ich aber will dich begreifen
wie dich die Erde begreift;
mit meinem Reifen
reift
dein Reich.

Ich will von dir keine Eitelkeit,
die dich beweist.
Ich weiß, dass die Zeit
anders heißt
als du.

Tu mir kein Wunder zulieb.
Gib deinen Gesetzen recht,
die von Geschlecht zu Geschlecht
sichtbarer sind.

Jetzt reifen schon die roten Berberitzen

Jetzt reifen schon die roten Berberitzen,
alternde Astern atmen schwach im Beet.
Wer jetzt nicht reich ist, da der Sommer geht,
wird immer warten und sich nie besitzen.

Wer jetzt nicht seine Augen schließen kann,
gewiss, dass eine Fülle von Gesichten
in ihm nur wartet bis die Nacht begann,
um sich in seinem Dunkel aufzurichten: –
der ist vergangen wie ein alter Mann.

Dem kommt nichts mehr, dem stößt kein Tag mehr zu,
und alles lügt ihn an, was ihm geschieht;
auch du, mein Gott. Und wie ein Stein bist du,
welcher ihn täglich in die Tiefe zieht.

Drittes Buch

Das Buch von der Armut und vom Tode (1903)

Oh Herr, gib jedem seinen eignen Tod

Oh Herr, gib jedem seinen eignen Tod.
Das Sterben, das aus jenem Leben geht,
darin er Liebe hatte, Sinn und Not.

Denn wir sind nur die Schale und das Blatt.
Der große Tod, den jeder in sich hat,
das ist die Frucht, um die sich alles dreht.

Um ihretwillen heben Mädchen an
und kommen wie ein Baum aus einer Laute,
und Knaben sehnen sich um sie zum Mann;
und Frauen sind den Wachsenden Vertraute
für Ängste, die sonst niemand nehmen kann.
Um ihretwillen *bleibt* das Angeschaute
wie Ewiges, auch wenn es lang verrann, –
und jeder, welcher bildete und baute,
ward Welt um diese Frucht, und fror und taute
und windete ihr zu und schien sie an.

In sie ist eingegangen alle Wärme
der Herzen und der Hirne weißes Glühn –:
Doch deine Engel ziehn wie Vogelschwärme,
und sie erfanden alle Früchte grün.

Du, der du weisst

Du, der du weißt, und dessen weites Wissen
aus Armut ist und Armutsüberfluss:
Mach, dass die Armen nicht mehr fortgeschmissen
und eingetreten werden in Verdruss.
Die andern Menschen sind wie ausgerissen;
sie aber stehn wie eine Blumen-Art
aus Wurzeln auf und duften wie Melissen
und ihre Blätter sind gezackt und zart.

Betrachte sie und sieh, was ihnen gliche

Betrachte sie und sieh, was ihnen gliche:
sie rühren sich wie in den Wind gestellt
und ruhen aus wie etwas, was man hält.
In ihren Augen ist das feierliche
Verdunkeltwerden lichter Wiesenstriche,
auf die ein rascher Sommerregen fällt.

Sie sind so still

Sie sind so still; fast gleichen sie den Dingen.
Und wenn man sich sie in die Stube lädt,
sind sie wie Freunde, die sich wiederbringen,
und gehn verloren unter dem Geringen
und dunkeln wie ein ruhiges Gerät.

Sie sind wie Wächter bei verhängten Schätzen,
die sie bewahren, aber selbst nicht sahn, –
getragen von den Tiefen wie ein Kahn,
und wie das Leinen auf den Bleicheplätzen
so ausgebreitet und so aufgetan.

Und wenn sie schlafen

Und wenn sie schlafen, sind sie wie an alles
zurückgegeben was sie leise leiht,
und weit verteilt wie Brot in Hungersnöten
an Mitternächte und an Morgenröten,
und sind wie Regen voll des Niederfalles
in eines Dunkels junge Fruchtbarkeit.

Dann bleibt nicht *eine* Narbe ihres Namens
auf ihrem Leib zurück, der keimbereit
sich bettet wie der Samen jenes Samens,
aus dem du stammen wirst von Ewigkeit.

Oh wo ist der, der aus Besitz und Zeit zu seiner grossen Armut so erstarkte

Oh wo ist der, der aus Besitz und Zeit
zu seiner großen Armut so erstarkte,
dass er die Kleider abtat auf dem Markte
und bar einherging vor des Bischofs Kleid.
Der Innigste und Liebendste von allen,
der kam und lebte wie ein junges Jahr;
der braune Bruder deiner Nachtigallen,
in dem ein Wundern und ein Wohlgefallen
und ein Entzücken an der Erde war.

Denn er war keiner von den immer Müdern,
die freudeloser werden nach und nach,
mit kleinen Blumen wie mit kleinen Brüdern
ging er den Wiesenrand entlang und sprach.
Und sprach von sich und wie er sich verwende
so dass es allem eine Freude sei;
und seines hellen Herzens war kein Ende,
und kein Geringes ging daran vorbei.

Er kam aus Licht zu immer tieferm Lichte,
und seine Zelle stand in Heiterkeit.
Das Lächeln wuchs auf seinem Angesichte
und hatte seine Kindheit und Geschichte
und wurde reif wie eine Mädchenzeit.

Und wenn er sang, so kehrte selbst das Gestern
und das Vergessene zurück und kam;
und eine Stille wurde in den Nestern,
und nur die Herzen schrien in den Schwestern,
die er berührte wie ein Bräutigam.

Dann aber lösten seines Liedes Pollen
sich leise los aus seinem roten Mund
und trieben träumend zu den Liebevollen
und fielen in die offenen Korollen
und sanken langsam auf den Blütengrund.

Und sie empfingen ihn, den Makellosen,
in ihrem Leib, der ihre Seele war.
Und ihre Augen schlossen sich wie Rosen,
und voller Liebesnächte war ihr Haar.

Und ihn empfing das Große und Geringe.
Zu vielen Tieren kamen Cherubim
zu sagen, dass ihr Weibchen Früchte bringe, –
und waren wunderschöne Schmetterlinge:
denn ihn erkannten alle Dinge
und hatten Fruchtbarkeit aus ihm.

Und als er starb, so leicht wie ohne Namen,
da war er ausgeteilt: sein Samen rann
in Bächen, in den Bäumen sang sein Samen
und sah ihn ruhig aus den Blumen an.
Er lag und sang. Und als die Schwestern kamen,
da weinten sie um ihren lieben Mann.

Oh wo ist er, der Klare, hingeklungen?
Was fühlen ihn, den Jubelnden und Jungen,
die Armen, welche harren, nicht von fern?

Was steigt er nicht in ihre Dämmerungen –
der Armut großer Abendstern.

III.

Das Buch der Bilder

Eine Auswahl
(1902 und 1906)

Des Ersten Buches
Erster Teil

Eingang

Wer du auch seist: am Abend tritt hinaus
aus deiner Stube, drin du alles weißt;
als letztes vor der Ferne liegt dein Haus:
wer du auch seist.
Mit deinen Augen, welche müde kaum
von der verbrauchten Schwelle sich befrein,
hebst du ganz langsam einen schwarzen Baum
und stellst ihn vor den Himmel: schlank, allein.
Und hast die Welt gemacht. Und sie ist groß
und wie ein Wort, das noch im Schweigen reift.
Und wie dein Wille ihren Sinn begreift,
lassen sie deine Augen zärtlich los …

Aus einem April

Wieder duftet der Wald.
Es heben die schwebenden Lerchen
mit sich den Himmel empor, der unseren Schultern
schwer war;
zwar sah man noch durch die Äste den Tag, wie er
leer war, –
aber nach langen, regnenden Nachmittagen
kommen die goldübersonnten
neueren Stunden,
vor denen flüchtend an fernen Häuserfronten
alle die wunden
Fenster furchtsam mit Flügeln schlagen.

Dann wird es still. Sogar der Regen geht leiser
über der Steine ruhig dunkelnden Glanz.
Alle Geräusche ducken sich ganz
in die glänzenden Knospen der Reiser.

Von den Mädchen

I

Andere müssen auf langen Wegen
zu den dunklen Dichtern gehn;
fragen immer irgendwen,
ob er nicht einen hat singen sehn
oder Hände auf Saiten legen.
Nur die Mädchen fragen nicht,
welche Brücke zu Bildern führe;
lächeln nur, lichter als Perlenschnüre,
die man an Schalen von Silber hält.

Aus ihrem Leben geht jede Türe
in einen Dichter
und in die Welt.

II

Mädchen, Dichter sind, die von euch lernen
das zu *sagen*, was ihr einsam *seid*;
und sie lernen leben an euch Fernen,
wie die Abende an großen Sternen
sich gewöhnen an die Ewigkeit.

Keine darf sich je dem Dichter schenken,
wenn sein Auge auch um Frauen bat;
denn er kann euch nur als Mädchen denken:

das Gefühl in euren Handgelenken
würde brechen von Brokat.

Lasst ihn einsam sein in seinem Garten,
wo er euch wie Ewige empfing
auf den Wegen, die er täglich ging,
bei den Bänken, welche schattig warten,
und im Zimmer, wo die Laute hing.

Geht! … es dunkelt. Seine Sinne suchen
eure Stimme und Gestalt nicht mehr.
Und die Wege liebt er lang und leer
und kein Weißes unter dunklen Buchen, –
und die stumme Stube liebt er sehr.
… Eure Stimmen hört er ferne gehn
(unter Menschen, die er müde meidet)
und: sein zärtliches Gedenken leidet
im Gefühle, dass euch viele sehn.

Das Lied der Bildsäule

Wer ist es, wer mich so liebt, dass er
sein liebes Leben verstößt?
Wenn einer für mich ertrinkt im Meer,
so bin ich vom Steine zur Wiederkehr
ins Leben, ins Leben erlöst.

Ich sehne mich so nach dem rauschenden Blut;
der Stein ist so still.
Ich träume vom Leben: das Leben ist gut.
Hat keiner den Mut,
durch den ich erwachen will?

Und werd ich einmal im Leben sein,
das mir alles Goldenste gibt, –
- -
so werd ich allein
weinen, weinen nach meinem Stein.
Was hilft mir mein Blut, wenn es reift wie der Wein?
Es kann aus dem Meer nicht den Einen schrein,
der mich am meisten geliebt.

Die Liebende

Ja ich sehne mich nach dir. Ich gleite
mich verlierend selbst mir aus der Hand,
ohne Hoffnung, dass ich Das bestreite,
was zu mir kommt wie aus deiner Seite
ernst und unbeirrt und unverwandt.

… jene Zeiten: Oh wie war ich Eines,
nichts was rief und nichts was mich verriet;
meine Stille war wie eines Steines,
über den der Bach sein Murmeln zieht.

Aber jetzt in diesen Frühlingswochen
hat mich etwas langsam abgebrochen
von dem unbewussten dunkeln Jahr.
Etwas hat mein armes warmes Leben
irgendeinem in die Hand gegeben,
der nicht weiß was ich noch gestern war.

Die Braut

Ruf mich, Geliebter, ruf mich laut!
Lass deine Braut nicht so lange am Fenster stehn.
In den alten Platanenalleen
wacht der Abend nicht mehr:
sie sind leer.

Und kommst du mich nicht in das nächtliche Haus
mit deiner Stimme verschließen,
so muss ich mich aus meinen Händen hinaus
in die Gärten des Dunkelblaus
ergießen …

Die Stille

Hörst du Geliebte, ich hebe die Hände –
hörst du: es rauscht …
Welche Gebärde der Einsamen fände
sich nicht von vielen Dingen belauscht?
Hörst du, Geliebte, ich schließe die Lider
und auch *das* ist Geräusch bis zu dir.
Hörst du, Geliebte, ich hebe sie wieder …
… aber warum bist du nicht hier.

Der Abdruck meiner kleinsten Bewegung
bleibt in der seidenen Stille sichtbar;
unvernichtbar drückt die geringste Erregung
in den gespannten Vorhang der Ferne sich ein.
Auf meinen Atemzügen heben und senken
die Sterne sich.
Zu meinen Lippen kommen die Düfte zur Tränke,
und ich erkenne die Handgelenke
entfernter Engel.
Nur die ich denke: Dich
seh ich nicht.

Musik

Was spielst du, Knabe? Durch die Gärten gings
wie viele Schritte, flüsternde Befehle.
Was spielst du, Knabe? Siehe deine Seele
verfing sich in den Stäben der Syrinx.

Was lockst du sie? Der Klang ist wie ein Kerker,
darin sie sich versäumt und sich versehnt;
stark ist dein Leben, doch dein Lied ist stärker,
an deine Sehnsucht schluchzend angelehnt. –

Gib ihr ein Schweigen, dass die Seele leise
heimkehre in das Flutende und Viele,
darin sie lebte, wachsend, weit und weise,
eh du sie zwangst in deine zarten Spiele.

Wie sie schon matter mit den Flügeln schlägt:
so wirst du, Träumer, ihren Flug vergeuden,
dass ihre Schwinge, vom Gesang zersägt,
sie nicht mehr über meine Mauern trägt,
wenn ich sie rufen werde zu den Freuden.

Die Engel

Sie haben alle müde Münde
und helle Seelen ohne Saum.
Und eine Sehnsucht (wie nach Sünde)
geht ihnen manchmal durch den Traum.

Fast gleichen sie einander alle;
in Gottes Gärten schweigen sie,
wie viele, viele Intervalle
in seiner Macht und Melodie.

Nur wenn sie ihre Flügel breiten,
sind sie die Wecker eines Winds:
als ginge Gott mit seinen weiten
Bildhauerhänden durch die Seiten
im dunklen Buch des Anbeginns.

Kindheit

Da rinnt der Schule lange Angst und Zeit
mit Warten hin, mit lauter dumpfen Dingen.
Oh Einsamkeit, oh schweres Zeitverbringen …
Und dann hinaus: die Straßen sprühn und klingen
und auf den Plätzen die Fontänen springen
und in den Gärten wird die Welt so weit –.
Und durch das alles gehn im kleinen Kleid,
ganz anders als die andern gehn und gingen –:
Oh wunderliche Zeit, oh Zeitverbringen,
oh Einsamkeit.

Und in das alles fern hinauszuschauen:
Männer und Frauen; Männer, Männer, Frauen
und Kinder, welche anders sind und bunt;
und da ein Haus und dann und wann ein Hund
und Schrecken lautlos wechselnd mit Vertrauen –:
Oh Trauer ohne Sinn, oh Traum, oh Grauen,
oh Tiefe ohne Grund.

Und so zu spielen: Ball und Ring und Reifen
in einem Garten, welcher sanft verblasst,
und manchmal die Erwachsenen zu streifen,
blind und verwildert in des Haschens Hast,
aber am Abend still, mit kleinen steifen
Schritten nachhaus zu gehn, fest angefasst –:
Oh immer mehr entweichendes Begreifen,
oh Angst, oh Last.

Und stundenlang am großen grauen Teiche
mit einem kleinen Segelschiff zu knien;
es zu vergessen, weil noch andre, gleiche
und schönere Segel durch die Ringe ziehn,
und denken müssen an das kleine bleiche
Gesicht, das sinkend aus dem Teiche schien –:
Oh Kindheit, oh entgleitende Vergleiche.
Wohin? Wohin?

Aus einer Kindheit

Das Dunkeln war wie Reichtum in dem Raume,
darin der Knabe, sehr verheimlicht, saß.
Und als die Mutter eintrat wie im Traume,
erzitterte im stillen Schrank ein Glas.
Sie fühlte, wie das Zimmer sie verriet,
und küsste ihren Knaben: Bist du hier? …
Dann schauten beide bang nach dem Klavier,
denn manchen Abend hatte sie ein Lied,
darin das Kind sich seltsam tief verfing.

Es saß sehr still. Sein großes Schauen hing
an ihrer Hand, die ganz gebeugt vom Ringe,
als ob sie schwer in Schneewehn ginge,
über die weißen Tasten ging.

Des Ersten Buches Zweiter Teil

Initiale

Aus unendlichen Sehnsüchten steigen
endliche Taten wie schwache Fontänen,
die sich zeitig und zitternd neigen.
Aber, die sich uns sonst verschweigen,
unsere fröhlichen Kräfte – zeigen
sich in diesen tanzenden Tränen.

Zum Einschlafen zu sagen

Ich möchte jemanden einsingen,
bei jemandem sitzen und sein.
Ich möchte dich wiegen und kleinsingen
und begleiten schlafaus und schlafein.
Ich möchte der Einzige sein im Haus,
der wüsste: die Nacht war kalt.
Und möchte horchen herein und hinaus
in dich, in die Welt, in den Wald.
Die Uhren rufen sich schlagend an,
und man sieht der Zeit auf den Grund.
Und unten geht noch ein fremder Mann
und stört einen fremden Hund.
Dahinter wird Stille. Ich habe groß
die Augen auf dich gelegt;
und sie halten dich sanft und lassen dich los,
wenn ein Ding sich im Dunkel bewegt.

Menschen bei Nacht

Die Nächte sind nicht für die Menge gemacht.
Von deinem Nachbar trennt dich die Nacht,
und du sollst ihn nicht suchen trotzdem.
Und machst du nachts deine Stube licht,
um Menschen zu schauen ins Angesicht,
so musst du bedenken: wem.

Die Menschen sind furchtbar vom Licht entstellt,
das von ihren Gesichtern träuft,
und haben sie nachts sich zusammengesellt,
so schaust du eine wankende Welt
durcheinandergehäuft.
Auf ihren Stirnen hat gelber Schein
alle Gedanken verdrängt,
in ihren Blicken flackert der Wein,
an ihren Händen hängt
die schwere Gebärde, mit der sie sich
bei ihren Gesprächen verstehn;
und dabei sagen sie: *Ich* und *Ich*
und meinen: Irgendwen.

Der Nachbar

Fremde Geige, gehst du mir nach?
In wieviel fernen Städten schon sprach
deine einsame Nacht zu meiner?
Spielen dich hunderte? Spiclt dich einer?

Gibt es in allen großen Städten
solche, die sich ohne dich
schon in den Flüssen verloren hätten?
Und warum trifft es immer mich?

Warum bin ich immer der Nachbar derer,
die dich bange zwingen zu singen
und zu sagen: Das Leben ist schwerer
als die Schwere von allen Dingen.

Der Einsame

Wie einer, der auf fremden Meeren fuhr,
so bin ich bei den ewig Einheimischen;
die vollen Tage stehn auf ihren Tischen,
mir aber ist die Ferne voll Figur.

In mein Gesicht reicht eine Welt herein,
die vielleicht unbewohnt ist wie ein Mond,
sie aber lassen kein Gefühl allein,
und alle ihre Worte sind bewohnt.

Die Dinge, die ich weither mit mir nahm,
sehn selten aus, gehalten an das Ihre –:
in ihrer großen Heimat sind sie Tiere,
hier halten sie den Atem an vor Scham.

Bangnis

Im welken Walde ist ein Vogelruf,
der sinnlos scheint in diesem welken Walde.
Und dennoch ruht der runde Vogelruf
in dieser Weile, die ihn schuf,
breit wie ein Himmel auf dem welken Walde.
Gefügig räumt sich alles in den Schrei:
Das ganze Land scheint lautlos drin zu liegen,
der große Wind scheint sich hineinzuschmiegen,
und die Minute, welche weiter will,
ist bleich und still, als ob sie Dinge wüsste,
an denen jeder sterben müsste,
aus ihm herausgestiegen.

Einsamkeit

Die Einsamkeit ist wie ein Regen.
Sie steigt vom Meer den Abenden entgegen;
von Ebenen, die fern sind und entlegen,
geht sie zum Himmel, der sie immer hat.
Und erst vom Himmel fällt sie auf die Stadt.

Regnet hernieder in den Zwitterstunden,
wenn sich nach Morgen wenden alle Gassen
und wenn die Leiber, welche nichts gefunden,
enttäuscht und traurig von einander lassen;
und wenn die Menschen, die einander hassen,
in *einem* Bett zusammen schlafen müssen:

dann geht die Einsamkeit mit den Flüssen …

Herbsttag

Herr: es ist Zeit. Der Sommer war sehr groß.
Leg deinen Schatten auf die Sonnenuhren,
und auf den Fluren lass die Winde los.

Befiehl den letzten Früchten voll zu sein;
gib ihnen noch zwei südlichere Tage,
dränge sie zur Vollendung hin und jage
die letzte Süße in den schweren Wein.

Wer jetzt kein Haus hat, baut sich keines mehr.
Wer jetzt allein ist, wird es lange bleiben,
wird wachen, lesen, lange Briefe schreiben
und wird in den Alleen hin und her
unruhig wandern, wenn die Blätter treiben.

Erinnerung

Und du wartest, erwartest das Eine,
das dein Leben unendlich vermehrt;
das Mächtige, Ungemeine,
das Erwachen der Steine,
Tiefen, dir zugekehrt.

Es dämmern im Bücherständer
die Bände in Gold und Braun;
und du denkst an durchfahrene Länder,
an Bilder, an die Gewänder
wiederverlorener Fraun.

Und da weißt du auf einmal: das war es.
Du erhebst dich, und vor dir steht
eines vergangenen Jahres
Angst und Gestalt und Gebet.

Ende des Herbstes

Ich sehe seit einer Zeit,
wie alles sich verwandelt.
Etwas steht auf und handelt
und tötet und tut Leid.

Von Mal zu Mal sind all
die Gärten nicht dieselben;
von den gilbenden zu der gelben
langsamem Verfall:
wie war der Weg mir weit.

Jetzt bin ich bei den leeren
und schaue durch alle Alleen.
Fast bis zu den fernen Meeren
kann ich den ernsten schweren
verwehrenden Himmel sehn.

Herbst

Die Blätter fallen, fallen wie von weit,
als welkten in den Himmeln ferne Gärten;
sie fallen mit verneinender Gebärde.

Und in den Nächten fällt die schwere Erde
aus allen Sternen in die Einsamkeit.

Wir alle fallen. Diese Hand da fällt.
Und sieh dir andre an: es ist in allen.

Und doch ist Einer, welcher dieses Fallen
unendlich sanft in seinen Händen hält.

Am Rande der Nacht

Meine Stube und diese Weite,
wach über nachtendem Land, –
ist Eines. Ich bin eine Saite,
über rauschende breite
Resonanzen gespannt.

Die Dinge sind Geigenleiber,
von murrendem Dunkel voll;
drin träumt das Weinen der Weiber,
drin rührt sich im Schlafe der Groll
ganzer Geschlechter …
Ich soll
silbern erzittern: dann wird
Alles unter mir leben,
und was in den Dingen irrt,
wird nach dem Lichte streben,
das von meinem tanzenden Tone,
um welchen der Himmel wellt,
durch schmale, schmachtende Spalten
in die alten
Abgründe ohne
Ende fällt …

Fortschritt

Und wieder rauscht mein tiefes Leben lauter,
als ob es jetzt in breitern Ufern ginge.
Immer verwandter werden mir die Dinge
und alle Bilder immer angeschauter.
Dem Namenlosen fühl ich mich vertrauter:
Mit meinen Sinnen, wie mit Vögeln, reiche
ich in die windigen Himmel aus der Eiche,
und in den abgebrochnen Tag der Teiche
sinkt, wie auf Fischen stehend, mein Gefühl.

Vorgefühl

Ich bin wie eine Fahne von Fernen umgeben.
Ich ahne die Winde, die kommen, und muss sie leben,
während die Dinge unten sich noch nicht rühren:
die Türen schließen noch sanft, und in den Kaminen ist Stille;
die Fenster zittern noch nicht, und der Staub ist noch schwer.

Da weiß ich die Stürme schon und bin erregt wie das Meer.
Und breite mich aus und falle in mich hinein
und werfe mich ab und bin ganz allein
in dem großen Sturm.

Abend in Skåne

Der Park ist hoch. Und wie aus einem Haus
tret ich aus seiner Dämmerung heraus
in Ebene und Abend. In den Wind,
denselben Wind, den auch die Wolken fühlen,
die hellen Flüsse und die Flügelmühlen,
die langsam mahlend stehn am Himmelsrand.
Jetzt bin auch ich ein Ding in seiner Hand,
das kleinste unter diesen Himmeln. – Schau:

Ist das Ein Himmel?:
Selig lichtes Blau,
in das sich immer reinere Wolken drängen,
Und drunter alle Weiß in Übergängen,
und drüber jenes dünne, große Grau,
warmwallend wie auf roter Untermalung,
und über allem diese stille Strahlung
sinkender Sonne.

Wunderlicher Bau,
in sich bewegt und von sich selbst gehalten,
Gestalten bildend, Riesenflügel, Falten
und Hochgebirge vor den ersten Sternen
und plötzlich, da: ein Tor in solche Fernen,
wie sie vielleicht nur Vögel kennen …

Abend

Der Abend wechselt langsam die Gewänder,
die ihm ein Rand von alten Bäumen hält;
du schaust: und von dir scheiden sich die Länder,
ein himmelfahrendes und eins, das fällt;

und lassen dich, zu keinem ganz gehörend,
nicht ganz so dunkel wie das Haus, das schweigt,
nicht ganz so sicher Ewiges beschwörend
wie das, was Stern wird jede Nacht und steigt –

und lassen dir (unsäglich zu entwirrn)
dein Leben bang und riesenhaft und reifend,
so dass es, bald begrenzt und bald begreifend,
abwechselnd Stein in dir wird und Gestirn.

Des Zweiten Buches
Erster Teil

Initiale

Gib deine Schönheit immer hin
ohne Rechnen und Reden.
Du schweigst. Sie sagt für dich: Ich bin.
Und kommt in tausendfachem Sinn,
kommt endlich über jeden.

Verkündigung

Die Worte des Engels

Du bist nicht näher an Gott als wir;
wir sind ihm alle weit.
Aber wunderbar sind dir
die Hände benedeit.
So reifen sie bei keiner Frau,
so schimmernd aus dem Saum:
ich bin der Tag, ich bin der Tau,
du aber bist der Baum.

Ich bin jetzt matt, mein Weg war weit,
vergib mir, ich vergaß,
was Er, der groß in Goldgeschmeid
wie in der Sonne saß,
dir künden ließ, du Sinnende,
(verwirrt hat mich der Raum).
Sieh: ich bin das Beginnende,
du aber bist der Baum.

Ich spannte meine Schwingen aus
und wurde seltsam weit;
jetzt überfließt dein kleines Haus
von meinem großen Kleid.
Und dennoch bist du so allein
wie nie und schaust mich kaum;

das macht: ich bin ein Hauch im Hain,
du aber bist der Baum.

Die Engel alle bangen so,
lassen einander los:
noch nie war das Verlangen so,
so ungewiss und groß.
Vielleicht, dass Etwas bald geschieht,
das du im Traum begreifst.
Gegrüßt sei, meine Seele sieht:
du bist bereit und reifst.
Du bist ein großes, hohes Tor,
und aufgehn wirst du bald.
Du, meines Liedes liebstes Ohr,
jetzt fühle ich: mein Wort verlor
sich in dir wie im Wald.

So kam ich und vollendete
dir tausendeinen Traum.
Gott sah mich an; er blendete …

Du aber bist der Baum.

Des Zweiten Buches Zweiter Teil

Von den Fontänen

Auf einmal weiß ich viel von den Fontänen,
den unbegreiflichen Bäumen aus Glas.
Ich könnte reden wie von eignen Tränen,
die ich, ergriffen von sehr großen Träumen,
einmal vergeudete und dann vergaß.

Vergaß ich denn, dass Himmel Hände reichen
zu vielen Dingen und in das Gedränge?
Sah ich nicht immer Großheit ohnegleichen
im Aufstieg alter Parke, vor den weichen
erwartungsvollen Abenden, – in bleichen
aus fremden Mädchen steigenden Gesängen,
die überfließen aus der Melodie
und wirklich werden und als müssten sie
sich spiegeln in den aufgetanen Teichen?

Ich muss mich nur erinnern an das Alles,
was an Fontänen und an mir geschah, –
dann fühl ich auch die Last des Niederfalles,
in welcher ich die Wasser wiedersah:
Und weiß von Zweigen, die sich abwärts wandten,

von Stimmen, die mit kleiner Flamme brannten,
von Teichen, welche nur die Uferkanten
schwachsinnig und verschoben wiederholten,
von Abendhimmeln, welche von verkohlten
westlichen Wäldern ganz entfremdet traten
sich anders wölbten, dunkelten und taten
als wär das nicht die Welt, die sie gemeint …

Vergaß ich denn, dass Stern bei Stern versteint
und sich verschließt gegen die Nachbargloben?
Dass sich die Welten nur noch wie verweint
im Raum erkennen? – Vielleicht sind wir *oben*,
in Himmel andrer Wesen eingewoben,
die zu uns aufschaun abends. Vielleicht loben
uns ihre Dichter. Vielleicht beten viele
zu uns empor. Vielleicht sind wir die Ziele
von fremden Flüchen, die uns nie erreichen,
Nachbaren eines Gottes, den sie meinen
in unsrer Höhe, wenn sie einsam weinen,
an den sie glauben und den sie verlieren,
und dessen Bildnis, wie ein Schein aus ihren
suchenden Lampen, flüchtig und verweht,
über unsere zerstreuten Gesichter geht …

Der Lesende

Ich las schon lang. Seit dieser Nachmittag,
mit Regen rauschend, an den Fenstern lag.
Vom Winde draußen hörte ich nichts mehr:
mein Buch war schwer.
Ich sah ihm in die Blätter wie in Mienen,
die dunkel werden von Nachdenklichkeit,
und um mein Lesen staute sich die Zeit. –
Auf einmal sind die Seiten überschienen,
und statt der bangen Wortverworrenheit
steht: Abend, Abend … überall auf ihnen.
Ich schau noch nicht hinaus, und doch zerreißen
die langen Zeilen, und die Worte rollen
von ihren Fäden fort, wohin sie wollen …
Da weiß ich es: über den übervollen
glänzenden Gärten sind die Himmel weit;
die Sonne hat noch einmal kommen sollen. –
Und jetzt wird Sommernacht, soweit man sieht:
zu wenig Gruppen stellt sich das Verstreute,
dunkel, auf langen Wegen, gehn die Leute,
und seltsam weit, als ob es mehr bedeute,
hört man das Wenige, das noch geschieht.

Und wenn ich jetzt vom Buch die Augen hebe,
wird nichts befremdlich sein und alles groß.
Dort draußen ist, was ich hier drinnen lebe,
und hier und dort ist alles grenzenlos;
nur dass ich mich noch mehr damit verwebe,

wenn meine Blicke an die Dinge passen
und an die ernste Einfachheit der Massen, –
da wächst die Erde über sich hinaus.
Den ganzen Himmel scheint sie zu umfassen:
der erste Stern ist wie das letzte Haus.

Der Schauende

Ich sehe den Bäumen die Stürme an,
die aus laugewordenen Tagen
an meine ängstlichen Fenster schlagen,
und höre die Fernen Dinge sagen,
die ich nicht ohne Freund ertragen,
nicht ohne Schwester lieben kann.

Da geht der Sturm, ein Umgestalter,
geht durch den Wald und durch die Zeit,
und alles ist wie ohne Alter:
die Landschaft, wie ein Vers im Psalter,
ist Ernst und Wucht und Ewigkeit.

Wie ist das klein, womit wir ringen,
was mit uns ringt, wie ist das groß;
ließen wir, ähnlicher den Dingen,
uns *so* vom großen Sturm bezwingen, –
wir würden weit und namenlos.

Was wir besiegen, ist das Kleine,
und der Erfolg selbst macht uns klein.
Das Ewige und Ungemeine
will nicht von uns gebogen sein.
Das ist der Engel, der den Ringern
des Alten Testaments erschien:
wenn seiner Widersacher Sehnen
im Kampfe sich metallen dehnen,

fühlt er sie unter seinen Fingern
wie Saiten tiefer Melodien.

Wen dieser Engel überwand,
welcher so oft auf Kampf verzichtet,
der geht gerecht und aufgerichtet
und groß aus jener harten Hand,
die sich, wie formend, an ihn schmiegte.
Die Siege laden ihn nicht ein.
Sein Wachstum ist: der Tiefbesiegte
von immer Größerem zu sein.

Schlussstück

Der Tod ist groß.
Wir sind die Seinen
lachenden Munds.
Wenn wir uns mitten im Leben meinen,
wagt er zu weinen
mitten in uns.

IV.

Neue Gedichte

Eine Auswahl
(1906–1907)

Karl und Elisabeth von der Heydt
in Freundschaft

»Beginn immer von Neuem die nie zu erreichende Preisung«*

Früher Apollo

Wie manches Mal durch das noch unbelaubte
Gezweig ein Morgen durchsieht, der schon ganz
im Frühling ist: so ist in seinem Haupte
nichts was verhindern könnte, dass der Glanz

aller Gedichte uns fast tödlich träfe;
denn noch kein Schatten ist in seinem Schaun,
zu kühl für Lorbeer sind noch seine Schläfe
und später erst wird aus den Augenbraun

hochstämmig sich der Rosengarten heben,
aus welchem Blätter, einzeln, ausgelöst
hintreiben werden auf des Mundes Beben,

der jetzt noch still ist, niegebraucht und blinkend
und nur mit seinem Lächeln etwas trinkend
als würde ihm sein Singen eingeflößt.

---

* *Duineser Elegien,* I.

Der Dichter

Du entfernst dich von mir, du Stunde.
Wunden schlägt mir dein Flügelschlag.
Allein: was soll ich mit meinem Munde?
mit meiner Nacht? mit meinem Tag?

Ich habe keine Geliebte, kein Haus,
keine Stelle auf der ich lebe.
Alle Dinge, an die ich mich gebe,
werden reich und geben mich aus.

Der Tod des Dichters

Er lag. Sein aufgestelltes Antlitz war
bleich und verweigernd in den steilen Kissen,
seitdem die Welt und dieses von-ihr-Wissen,
von seinen Sinnen abgerissen,
zurückfiel an das teilnahmslose Jahr.

Die, so ihn leben sahen, wussten nicht,
wie sehr er Eines war mit allem diesen;
denn Dieses: diese Tiefen, diese Wiesen
und diese Wasser *waren* sein Gesicht.

Oh sein Gesicht war diese ganze Weite,
die jetzt noch zu ihm will und um ihn wirbt;
und seine Maske, die nun bang verstirbt,
ist zart und offen wie die Innenseite
von einer Frucht, die an der Luft verdirbt.

Buddha

Als ob er horchte. Stille: eine Ferne …
Wir halten ein und hören sie nicht mehr.
Und er ist Stern. Und andre große Sterne,
die wir nicht sehen, stehen um ihn her.

Oh er ist Alles. Wirklich, warten wir,
dass er uns sähe? Sollte er bedürfen?
Und wenn wir hier uns vor ihm niederwürfen,
er bliebe tief und träge wie ein Tier.

Denn das, was uns zu seinen Füßen reißt,
das kreist in ihm seit Millionen Jahren.
Er, der vergisst, was wir erfahren,
und der erfährt, was uns verweist.

Kindheit

Es wäre gut viel nachzudenken, um
von so Verlornem etwas auszusagen,
von jenen langen Kindheit-Nachmittagen,
die so nie wiederkamen – und warum?

Noch mahnt es uns –: vielleicht in einem Regnen,
aber wir wissen nicht mehr was das soll;
nie wieder war das Leben von Begegnen,
von Wiedersehn und Weitergehn so voll
wie damals, da uns nichts geschah als nur
was einem Ding geschieht und einem Tiere:
da lebten wir, wie Menschliches, das Ihre
und wurden bis zum Rande voll Figur.

Und wurden so vereinsamt wie ein Hirt
und so mit großen Fernen überladen
und wie von weit berufen und berührt
und langsam wie ein langer neuer Faden
in jene Bilder-Folgen eingeführt,
in welchen nun zu dauern uns verwirrt.

Die Erwachsene

Das alles stand auf ihr und war die Welt
und stand auf ihr mit allem, Angst und Gnade,
wie Bäume stehen, wachsend und gerade,
ganz Bild und bildlos wie die Bundeslade
und feierlich, wie auf ein Volk gestellt.

Und sie ertrug es; trug bis obenhin
das Fliegende, Entfliehende, Entfernte,
das Ungeheuere, noch Unerlernte
gelassen wie die Wasserträgerin
den vollen Krug. Bis mitten unterm Spiel,
verwandelnd und auf andres vorbereitend,
der erste weiße Schleier, leise gleitend,
über das aufgetane Antlitz fiel

fast undurchsichtig und sich nie mehr hebend
und irgendwie auf alle Fragen ihr
nur eine Antwort vage wiedergebend:
In dir, du Kindgewesene, in dir.

Die Genesende

Wie ein Singen kommt und geht in Gassen
und sich nähert und sich wieder scheut,
flügelschlagend, manchmal fast zu fassen
und dann wieder weit hinausgestreut:

spielt mit der Genesenden das Leben;
während sie, geschwächt und ausgeruht,
unbeholfen, um sich hinzugeben,
eine ungewohnte Geste tut.

Und sie fühlt es beinah wie Verführung,
wenn die hartgewordne Hand, darin
Fieber waren voller Widersinn,
fernher, wie mit blühender Berührung,
zu liebkosen kommt ihr hartes Kinn.

Liebes-Lied

Wie soll ich meine Seele halten, dass
sie nicht an deine rührt? Wie soll ich sie
hinheben über dich zu andern Dingen?
Ach gerne möcht ich sie bei irgendwas
Verlorenem im Dunkel unterbringen
an einer fremden stillen Stelle, die
nicht weiterschwingt, wenn deine Tiefen schwingen.
Doch alles, was uns anrührt, dich und mich,
nimmt uns zusammen wie ein Bogenstrich,
der aus zwei Saiten *eine* Stimme zieht.
Auf welches Instrument sind wir gespannt?
Und welcher Spieler hat uns in der Hand?
Oh süßes Lied.

Todes-Erfahrung

Wir wissen nichts von diesem Hingehn, das
nicht mit uns teilt. Wir haben keinen Grund,
Bewunderung und Liebe oder Hass
dem Tod zu zeigen, den ein Maskenmund

tragischer Klage wunderlich entstellt.
Noch ist die Welt voll Rollen, die wir spielen.
Solang wir sorgen, ob wir auch gefielen,
spielt auch der Tod, obwohl er nicht gefällt.

Doch als du gingst, da brach in diese Bühne
ein Streifen Wirklichkeit durch jenen Spalt
durch den du hingingst: Grün wirklicher Grüne,
wirklicher Sonnenschein, wirklicher Wald.

Wir spielen weiter. Bang und schwer Erlerntes
hersagend und Gebärden dann und wann
aufhebend; aber dein von uns entferntes,
aus unserm Stück entrücktes Dasein kann

uns manchmal überkommen, wie ein Wissen
von jener Wirklichkeit sich niedersenkend,
so dass wir eine Weile hingerissen
das Leben spielen, nicht an Beifall denkend.

»Warum wird dieses Finden nicht geringer?«

Vor dem Sommerregen

Auf einmal ist aus allem Grün im Park
man weiß nicht was, ein Etwas, fortgenommen;
man fühlt ihn näher an die Fenster kommen
und schweigsam sein. Inständig nur und stark

ertönt aus dem Gehölz der Regenpfeifer,
man denkt an einen Hieronymus:
so sehr steigt irgend Einsamkeit und Eifer
aus dieser einen Stimme, die der Guss

erhören wird. Des Saales Wände sind
mit ihren Bildern von uns fortgetreten,
als dürften sie nicht hören was wir sagen.

Es spiegeln die verblichenen Tapeten
das ungewisse Licht von Nachmittagen,
in denen man sich fürchtete als Kind.

Blaue Hortensie

So wie das letzte Grün in Farbentiegeln
sind diese Blätter, trocken, stumpf und rau,
hinter den Blütendolden, die ein Blau
nicht auf sich tragen, nur von Ferne spiegeln.

Sie spiegeln es verweint und ungenau,
als wollten sie es wiederum verlieren,
und wie in alten blauen Briefpapieren
ist Gelb in ihnen, Violett und Grau;

Verwaschnes wie an einer Kinderschürze,
Nichtmehrgetragnes, dem nichts mehr geschieht:
wie fühlt man eines kleinen Lebens Kürze.

Doch plötzlich scheint das Blau sich zu verneuen
in einer von den Dolden, und man sieht
ein rührend Blaues sich vor Grünem freuen.

»Warum wird dieses Finden nicht geringer?«

Die Fensterrose

Da drin: das träge Treten ihrer Tatzen
macht eine Stille, die dich fast verwirrt;
und wie dann plötzlich eine von den Katzen
den Blick an ihr, der hin und wieder irrt,

gewaltsam in ihr großes Auge nimmt, –
den Blick, der, wie von eines Wirbels Kreis
ergriffen, eine kleine Weile schwimmt
und dann versinkt und nichts mehr von sich weiß,

wenn dieses Auge, welches scheinbar ruht,
sich auftut und zusammenschlägt mit Tosen
und ihn hineinreißt bis ins rote Blut –:

So griffen einstmals aus dem Dunkelsein
der Kathedralen große Fensterrosen
ein Herz und rissen es in Gott hinein.

In einem fremden Park

Borgeby-Gård

Zwei Wege sinds. Sie führen keinen hin.
Doch manchmal, in Gedanken, lässt der eine
dich weitergehn. Es ist, als gingst du fehl;
aber auf einmal bist du im Rondel
alleingelassen wieder mit dem Steine
und wieder auf ihm lesend: Freiherrin
Brite Sophie – und wieder mit dem Finger
abfühlend die zerfallne Jahreszahl –.
Warum wird dieses Finden nicht geringer?

Was zögerst du ganz wie zum ersten Mal
erwartungsvoll auf diesem Ulmenplatz,
der feucht und dunkel ist und niebetreten?

Und was verlockt dich für ein Gegensatz,
etwas zu suchen in den sonnigen Beeten,
als wärs der Name eines Rosenstocks?

Was stehst du oft? Was hören deine Ohren?
Und warum siehst du schließlich, wie verloren,
die Falter flimmern um den hohen Phlox.

»Warum wird dieses Finden nicht geringer?«

Der Panther

Im Jardin des Plantes, Paris

Sein Blick ist vom Vorübergehn der Stäbe
so müd geworden, dass er nichts mehr hält.
Ihm ist, als ob es tausend Stäbe gäbe
und hinter tausend Stäben keine Welt.

Der weiche Gang geschmeidig starker Schritte,
der sich im allerkleinsten Kreise dreht,
ist wie ein Tanz von Kraft um eine Mitte,
in der betäubt ein großer Wille steht.

Nur manchmal schiebt der Vorhang der Pupille
sich lautlos auf –. Dann geht ein Bild hinein,
geht durch der Glieder angespannte Stille –
und hört im Herzen auf zu sein.

Die Gazelle

Gazella Dorcas

Verzauberte: wie kann der Einklang zweier
erwählter Worte je den Reim erreichen,
der in dir kommt und geht, wie auf ein Zeichen.
Aus deiner Stirne steigen Laub und Leier,

und alles Deine geht schon im Vergleich
durch Liebeslieder, deren Worte, weich
wie Rosenblätter, dem, der nicht mehr liest,
sich auf die Augen legen, die er schließt:

um dich zu sehen: hingetragen, als
wäre mit Sprüngen jeder Lauf geladen
und schösse nur nicht ab, solang der Hals

das Haupt ins Horchen hält: wie wenn beim Baden
im Wald die Badende sich unterbricht:
den Waldsee im gewendeten Gesicht.

»Warum wird dieses Finden nicht geringer?«

Das Einhorn

Der Heilige hob das Haupt, und das Gebet
fiel wie ein Helm zurück von seinem Haupte:
denn lautlos nahte sich das niegeglaubte,
das weiße Tier, das wie eine geraubte
hülflose Hindin mit den Augen fleht.

Der Beine elfenbeinernes Gestell
bewegte sich in leichten Gleichgewichten,
ein weißer Glanz glitt selig durch das Fell,
und auf der Tierstirn, auf der stillen, lichten,
stand, wie ein Turm im Mond, das Horn so hell,
und jeder Schritt geschah, es aufzurichten.

Das Maul mit seinem rosagrauen Flaum
war leicht gerafft, so dass ein wenig Weiß
(weißer als alles) von den Zähnen glänzte;
die Nüstern nahmen auf und lechzten leis.
Doch seine Blicke, die kein Ding begrenzte,
warfen sich Bilder in den Raum
und schlossen einen blauen Sagenkreis.

Der Schwan

Diese Mühsal, durch noch Ungetanes
schwer und wie gebunden hinzugehn,
gleicht dem ungeschaffnen Gang des Schwanes.

Und das Sterben, dieses Nichtmehrfassen
jenes Grunds, auf dem wir täglich stehn,
seinem ängstlichen Sich-Niederlassen – :

in die Wasser, die ihn sanft empfangen
und die sich, wie glücklich und vergangen,
unter ihm zurückziehen, Flut um Flut;
während er unendlich still und sicher
immer mündiger und königlicher
und gelassener zu ziehn geruht.

»Nirgends wird Welt sein, als innen«*

Sankt Sebastian

Wie ein Liegender so steht er; ganz
hingehalten von dem großen Willen.
Weitentrückt wie Mütter, wenn sie stillen,
und in sich gebunden wie ein Kranz.

Und die Pfeile kommen: jetzt und jetzt
und als sprängen sie aus seinen Lenden,
eisern bebend mit den freien Enden.
Doch er lächelt dunkel, unverletzt.

Einmal nur wird seine Trauer groß,
und die Augen liegen schmerzlich bloß,
bis sie etwas leugnen, wie Geringes,
und als ließen sie verächtlich los
die Vernichter eines schönen Dinges.

* *Duineser Elegien,* VII.

Römische Sarkophage

Was aber hindert uns zu glauben, dass
(so wie wir hingestellt sind und verteilt)
nicht eine kleine Zeit nur Drang und Hass
und dies Verwirrende in uns verweilt,

wie einst in dem verzierten Sarkophag
bei Ringen, Götterbildern, Gläsern, Bändern,
in langsam sich verzehrenden Gewändern
ein langsam Aufgelöstes lag –

bis es die unbekannten Munde schluckten,
die niemals reden. (Wo besteht und denkt
ein Hirn, um ihrer einst sich zu bedienen?)

Da wurde von den alten Aquädukten
ewiges Wasser in sie eingelenkt –:
das spiegelt jetzt und geht und glänzt in ihnen.

Das Karussell

Jardin du Luxembourg

Mit einem Dach und seinem Schatten dreht
sich eine kleine Weile der Bestand
von bunten Pferden, alle aus dem Land,
das lange zögert, eh es untergeht.
Zwar manche sind an Wagen angespannt,
doch alle haben Mut in ihren Mienen;
ein böser roter Löwe geht mit ihnen
und dann und wann ein weißer Elefant.

Sogar ein Hirsch ist da, ganz wie im Wald,
nur dass er einen Sattel trägt und drüber
ein kleines blaues Mädchen aufgeschnallt.

Und auf dem Löwen reitet weiß ein Junge
und hält sich mit der kleinen heißen Hand,
dieweil der Löwe Zähne zeigt und Zunge.

Und dann und wann ein weißer Elefant.

Und auf den Pferden kommen sie vorüber,
auch Mädchen, helle, diesem Pferdesprunge
fast schon entwachsen; mitten in dem Schwunge
schauen sie auf, irgendwohin, herüber –

Und dann und wann ein weißer Elefant.

Und das geht hin und eilt sich, dass es endet,
und kreist und dreht sich nur und hat kein Ziel.
Ein Rot, ein Grün, ein Grau vorbeigesendet,
ein kleines kaum begonnenes Profil –.
Und manchesmal ein Lächeln, hergewendet,
ein seliges, das blendet und verschwendet
an dieses atemlose blinde Spiel …

Die Treppe der Orangerie

Versailles

Wie Könige die schließlich nur noch schreiten
fast ohne Ziel, nur um von Zeit zu Zeit
sich den Verneigenden auf beiden Seiten
zu zeigen in des Mantels Einsamkeit –:

so steigt, allein zwischen den Balustraden,
die sich verneigen schon seit Anbeginn,
die Treppe: langsam und von Gottes Gnaden
und auf den Himmel zu und nirgends hin;

als ob sie allen Folgenden befahl
zurückzubleiben, – so dass sie nicht wagen
von ferne nachzugehen; nicht einmal
die schwere Schleppe durfte einer tragen.

Buddha

Schon von ferne fühlt der fremde scheue
Pilger, wie es golden von ihm träuft;
so als hätten Reiche voller Reue
ihre Heimlichkeiten aufgehäuft.

Aber näher kommend wird er irre
vor der Hoheit dieser Augenbraun:
denn das sind nicht ihre Trinkgeschirre
und die Ohrgehänge ihrer Fraun.

Wüsste einer denn zu sagen, welche
Dinge eingeschmolzen wurden, um
dieses Bild auf diesem Blumenkelche

aufzurichten: stummer, ruhiggelber
als ein goldenes und rundherum
auch den Raum berührend wie sich selber.

Römische Fontäne

Borghese

Zwei Becken, eins das andre übersteigend
aus einem alten runden Marmorrand,
und aus dem oberen Wasser leis sich neigend
zum Wasser, welches unten wartend stand,

dem leise redenden entgegenschweigend
und heimlich, gleichsam in der hohlen Hand,
ihm Himmel hinter Grün und Dunkel zeigend
wie einen unbekannten Gegenstand;

sich selber ruhig in der schönen Schale
verbreitend ohne Heimweh, Kreis aus Kreis,
nur manchmal träumerisch und tropfenweis

sich niederlassend an den Moosbehängen
zum letzten Spiegel, der sein Becken leis
von unten lächeln macht mit Übergängen.

Die Rosenschale

Zornige sahst du flackern, sahst zwei Knaben
zu einem Etwas sich zusammenballen,
das Hass war und sich auf der Erde wälzte
wie ein von Bienen überfallnes Tier;
Schauspieler, aufgetürmte Übertreiber,
rasende Pferde, die zusammenbrachen,
den Blick wegwerfend, bläkend das Gebiss
als schälte sich der Schädel aus dem Maule.

Nun aber weißt du, wie sich das vergisst:
denn vor dir steht die volle Rosenschale,
die unvergesslich ist und angefüllt
mit jenem Äußersten von Sein und Neigen,
Hinhalten, Niemals-Gebenkönnen, Dastehn,
das unser sein mag: Äußerstes auch uns.

Lautloses Leben, Aufgehn ohne Ende,
Raum-brauchen ohne Raum von jenem Raum
zu nehmen, den die Dinge rings verringern,
fast nicht Umrissen-sein wie Ausgespartes
und lauter Inneres, viel seltsam Zartes
und Sich-bescheinendes – bis an den Rand:
ist irgendetwas uns bekannt wie dies?

Und dann wie dies: dass ein Gefühl entsteht,
weil Blütenblätter Blütenblätter rühren?
Und dies: dass eins sich aufschlägt wie ein Lid,

und drunter liegen lauter Augenlider,
geschlossene, als ob sie, zehnfach schlafend,
zu dämpfen hätten eines Innern Sehkraft.
Und dies vor allem: dass durch diese Blätter
das Licht hindurch muss. Aus den tausend Himmeln
filtern sie langsam jenen Tropfen Dunkel,
in dessen Feuerschein das wirre Bündel
der Staubgefäße sich erregt und aufbäumt.

Und die Bewegung in den Rosen, sieh:
Gebärden von so kleinem Ausschlagswinkel,
dass sie unsichtbar blieben, liefen ihre
Strahlen nicht auseinander in das Weltall.

Sieh jene weiße, die sich selig aufschlug
und dasteht in den großen offnen Blättern
wie eine Venus aufrecht in der Muschel;
und die errötende, die wie verwirrt
nach einer kühlen sich hinüberwendet,
und wie die kühle fühllos sich zurückzieht,
und wie die kalte steht, in sich gehüllt,
unter den offenen, die alles abtun.
Und *was* sie abtun, wie das leicht und schwer,
wie es ein Mantel, eine Last, ein Flügel
und eine Maske sein kann, je nachdem,
und *wie* sie's abtun: wie vor dem Geliebten.

Was können sie nicht sein: war jene gelbe,
die hohl und offen daliegt, nicht die Schale
von einer Frucht, darin dasselbe Gelb,

gesammelter, orangeröter, Saft war?
Und wars für diese schon zu viel, das Aufgehn,
weil an der Luft ihr namenloses Rosa
den bittern Nachgeschmack des Lila annahm?
Und die batistene, ist sie kein Kleid,
in dem noch zart und atemwarm das Hemd steckt,
mit dem zugleich es abgeworfen wurde
im Morgenschatten an dem alten Waldbad?
Und diese hier, opalnes Porzellan,
zerbrechlich, eine flache Chinatasse
und angefüllt mit kleinen hellen Faltern, –
und jene da, die nichts enthält als sich.

Und sind nicht alle so, nur sich enthaltend,
wenn Sich-enthalten heißt: die Welt da draußen
und Wind und Regen und Geduld des Frühlings
und Schuld und Unruh und vermummtes Schicksal
und Dunkelheit der abendlichen Erde
bis auf der Wolken Wandel, Flucht und Anflug,
bis auf den vagen Einfluss ferner Sterne
in eine Hand voll Innres zu verwandeln.

Nun liegt es sorglos in den offnen Rosen.

V.

Der Neuen Gedichte anderer Teil

Eine Auswahl
(1907–1908)

A mon grand Ami Auguste Rodin

»Denn das Schöne ist nichts als des Schrecklichen Anfang«*

Archaïscher Torso Apollos

Wir kannten nicht sein unerhörtes Haupt,
darin die Augenäpfel reiften. Aber
sein Torso glüht noch wie ein Kandelaber,
in dem sein Schauen, nur zurückgeschraubt,

sich hält und glänzt. Sonst könnte nicht der Bug
der Brust dich blenden, und im leisen Drehen
der Lenden könnte nicht ein Lächeln gehen
zu jener Mitte, die die Zeugung trug.

Sonst stünde dieser Stein entstellt und kurz
unter der Schultern durchsichtigem Sturz
und flimmerte nicht so wie Raubtierfelle;

und bräche nicht aus allen seinen Rändern
aus wie ein Stern: denn da ist keine Stelle,
die dich nicht sieht. Du musst dein Leben ändern.

* *Duineser Elegien,* I.

Venezianischer Morgen

Richard Beer-Hofmann zugeeignet

Fürstlich verwöhnte Fenster sehen immer,
was manchesmal uns zu bemühn geruht:
die Stadt, die immer wieder, wo ein Schimmer
von Himmel trifft auf ein Gefühl von Flut,

sich bildet ohne irgendwann zu sein.
Ein jeder Morgen muss ihr die Opale
erst zeigen, die sie gestern trug, und Reihn
von Spiegelbildern ziehn aus dem Kanale
und sie erinnern an die andern Male:
dann gibt sie sich erst zu und fällt sich ein

wie eine Nymphe, die den Zeus empfing.
Das Ohrgehäng erklingt an ihrem Ohre;
sie aber hebt San Giorgio Maggiore
und lächelt lässig in das schöne Ding.

»Denn das Schöne ist nichts als des Schrecklichen Anfang«

Spätherbst in Venedig

Nun treibt die Stadt schon nicht mehr wie ein Köder,
der alle aufgetauchten Tage fängt.
Die gläsernen Paläste klingen spröder
an deinen Blick. Und aus den Gärten hängt

der Sommer wie ein Haufen Marionetten
kopfüber, müde, umgebracht.
Aber vom Grund aus alten Waldskeletten
steigt Willen auf: als sollte über Nacht

der General des Meeres die Galeeren
verdoppeln in dem wachen Arsenal,
um schon die nächste Morgenluft zu teeren

mit einer Flotte, welche ruderschlagend
sich drängt und jäh, mit allen Flaggen tagend,
den großen Wind hat, strahlend und fatal.

San Marco

Venedig

In diesem Innern, das wie ausgehöhlt
sich wölbt und wendet in den goldnen Smalten,
rundkantig, glatt, mit Köstlichkeit geölt,
ward dieses Staates Dunkelheit gehalten

und heimlich aufgehäuft, als Gleichgewicht
des Lichtes, das in allen seinen Dingen
sich so vermehrte, dass sie fast vergingen –.
Und plötzlich zweifelst du: vergehn sie nicht?

und drängst zurück die harte Galerie,
die, wie ein Gang im Bergwerk, nah am Glanz
der Wölbung hängt; und du erkennst die heile

Helle des Ausblicks: aber irgendwie
wehmütig messend ihre müde Weile
am nahen Überstehn des Viergespanns.

»Erst war es immer, und dann war es nicht«

Adam

Staunend steht er an der Kathedrale
steilem Aufstieg, nah der Fensterrose,
wie erschreckt von der Apotheose,
welche wuchs und ihn mit einem Male

niederstellte über die und die.
Und er ragt und freut sich seiner Dauer
schlicht entschlossen; als der Ackerbauer
der begann, und der nicht wusste, wie

aus dem fertig-vollen Garten Eden
einen Ausweg in die neue Erde
finden. Gott war schwer zu überreden;

und er drohte ihm, statt zu gewähren,
immer wieder, dass er sterben werde.
Doch der Mensch bestand: sie wird gebären.

Eva

Einfach steht sie an der Kathedrale
großem Aufstieg, nah der Fensterrose,
mit dem Apfel in der Apfelpose,
schuldlos-schuldig ein für alle Male

an dem Wachsenden, das sie gebar,
seit sie aus dem Kreis der Ewigkeiten
liebend fortging, um sich durchzustreiten
durch die Erde, wie ein junges Jahr.

Ach, sie hätte gern in jenem Land
noch ein wenig weilen mögen, achtend
auf der Tiere Eintracht und Verstand.

Doch da sie den Mann entschlossen fand,
ging sie mit ihm, nach dem Tode trachtend;
und sie hatte Gott noch kaum gekannt.

Fremde Familie

So wie der Staub, der irgendwie beginnt
und nirgends ist, zu unerklärtem Zwecke
an einem leeren Morgen in der Ecke
in die man sieht, ganz rasch zu Grau gerinnt,

so bildeten sie sich, wer weiß aus was,
im letzten Augenblick vor deinen Schritten
und waren etwas Ungewisses mitten
im nassen Niederschlag der Gasse, das

nach dir verlangte. Oder nicht nach dir.
Denn eine Stimme, wie vom vorigen Jahr,
sang dich zwar an und blieb doch ein Geweine;
und eine Hand, die wie geliehen war,
kam zwar hervor und nahm doch nicht die deine.
Wer kommt denn noch? Wen meinen diese vier?

Schlaflied

Einmal wenn ich dich verlier,
wirst du schlafen können, ohne
dass ich wie eine Lindenkrone
mich verflüstre über dir?

Ohne dass ich hier wache und
Worte, beinah wie Augenlider,
auf deine Brüste, auf deine Glieder
niederlege, auf deinen Mund.

Ohne dass ich dich verschließ
und dich allein mit Deinem lasse
wie einen Garten mit einer Masse
von Melissen und Stern-Anis.

Der Tod der Geliebten

Er wusste nur vom Tod was alle wissen:
dass er uns nimmt und in das Stumme stößt.
Als aber sie, nicht von ihm fortgerissen,
nein, leis aus seinen Augen ausgelöst,

hinüberglitt zu unbekannten Schatten,
und als er fühlte, dass sie drüben nun
wie einen Mond ihr Mädchenlächeln hatten
und ihre Weise wohlzutun:

da wurden ihm die Toten so bekannt,
als wäre er durch sie mit einem jeden
ganz nah verwandt; er ließ die andern reden

und glaubte nicht und nannte jenes Land
das gutgelegene, das immersüße –
Und tastete es ab für ihre Füße.

Begegnung in der Kastanien-Allee

Ihm ward des Eingangs grüne Dunkelheit
kühl wie ein Seidenmantel umgegeben,
den er noch nahm und ordnete: als eben
am andern transparenten Ende, weit,

aus grüner Sonne, wie aus grünen Scheiben,
weiß eine einzelne Gestalt
aufleuchtete, um lange fern zu bleiben
und schließlich, von dem Lichterniedertreiben
bei jedem Schritte überwallt,

ein helles Wechseln auf sich herzutragen,
das scheu im Blond nach hinten lief.
Aber auf einmal war der Schatten tief,
und nahe Augen lagen aufgeschlagen

in einem neuen deutlichen Gesicht,
das wie in einem Bildnis verweilte
in dem Moment, da man sich wieder teilte:
erst war es immer, und dann war es nicht.

»Mit allen Augen sieht die Kreatur das Offene«*

Papageien-Park

Jardin des Plantes, Paris

Unter türkischen Linden, die blühen, an Rasenrändern,
in leise von ihrem Heimweh geschaukelten Ständern
atmen die Ara und wissen von ihren Ländern,
die sich, auch wenn sie nicht hinsehn, nicht verändern.

Fremd im beschäftigten Grünen wie eine Parade,
zieren sie sich und fühlen sich selber zu schade,
und mit den kostbaren Schnäbeln aus Jaspis und Jade
kauen sie Graues, verschleudern es, finden es fade.

Unten klauben die duffen Tauben, was sie nicht mögen,
während sich oben die höhnischen Vögel verbeugen
zwischen den beiden fast leeren vergeudeten Trögen.

Aber dann wiegen sie wieder und schläfern und äugen,
spielen mit dunkelen Zungen, die gerne lögen,
zerstreut an den Fußfesselringen. Warten auf Zeugen.

---

* *Duineser Elegien,* VIII.

Die Flamingos

Jardin des Plantes, Paris

In Spiegelbildern wie von Fragonard
ist doch von ihrem Weiß und ihrer Röte
nicht mehr gegeben, als dir einer böte,
wenn er von seiner Freundin sagt: sie war

noch sanft von Schlaf. Denn steigen sie ins Grüne
und stehn, auf rosa Stielen leicht gedreht,
beisammen, blühend, wie in einem Beet,
verführen sie verführender als Phryne

sich selber; bis sie ihres Auges Bleiche
hinhalsend bergen in der eignen Weiche,
in welcher Schwarz und Fruchtrot sich versteckt.

Auf einmal kreischt ein Neid durch die Volière;
sie aber haben sich erstaunt gestreckt
und schreiten einzeln ins Imaginäre.

Leda

Als ihn der Gott in seiner Not betrat,
erschrak er fast, den Schwan so schön zu finden;
er ließ sich ganz verwirrt in ihm verschwinden.
Schon aber trug ihn sein Betrug zur Tat,

bevor er noch des unerprobten Seins
Gefühle prüfte. Und die Aufgetane
erkannte schon den Kommenden im Schwane
und wusste schon: er bat um Eins,

das sie, verwirrt in ihrem Widerstand,
nicht mehr verbergen konnte. Er kam nieder
und halsend durch die immer schwächre Hand

ließ sich der Gott in die Geliebte los.
Dann erst empfand er glücklich sein Gefieder
und wurde wirklich Schwan in ihrem Schoß.

Rosa Hortensie

Wer nahm das Rosa an? Wer wusste auch,
dass es sich sammelte in diesen Dolden?
Wie Dinge unter Gold, die sich entgolden,
entröten sie sich sanft, wie im Gebrauch.

Dass sie für solches Rosa nichts verlangen.
Bleibt es für sie und lächelt aus der Luft?
Sind Engel da, es zärtlich zu empfangen,
wenn es vergeht, großmütig wie ein Duft?

Oder vielleicht auch geben sie es preis,
damit es nie erführe vom Verblühn.
Doch unter diesem Rosa hat ein Grün
gehorcht, das jetzt verwelkt und alles weiß.

Das Rosen-Innere

Wo ist zu diesem Innen
ein Außen? Auf welches Weh
legt man solches Linnen?
Welche Himmel spiegeln sich drinnen
in dem Binnensee
dieser offenen Rosen,
dieser sorglosen, sieh:
wie sie lose im Losen
liegen, als könnte nie
eine zitternde Hand sie verschütten.
Sie können sich selber kaum
halten; viele ließen
sich überfüllen und fließen
über von Innenraum
in die Tage, die immer
voller und voller sich schließen,
bis der ganze Sommer ein Zimmer
wird, ein Zimmer in einem Traum.

Der Käferstein

Sind nicht Sterne fast in deiner Nähe
und was gibt es, das du nicht umspannst,
da du dieser harten Skarabäe
Karneolkern gar nicht fassen kannst

ohne jenen Raum, der ihre Schilder
niederhält, auf deinem ganzen Blut
mitzutragen; niemals war er milder,
näher, hingegebener. Er ruht

seit Jahrtausenden auf diesen Käfern,
wo ihn keiner braucht und unterbricht;
und die Käfer schließen sich und schläfern
unter seinem wiegenden Gewicht.

»Was bin ich unter diese Unendlichkeit gelegt?«

Der Blinde

Paris

Sieh, er geht und unterbricht die Stadt,
die nicht ist auf seiner dunkeln Stelle,
wie ein dunkler Sprung durch eine helle
Tasse geht. Und wie auf einem Blatt

ist auf ihm der Widerschein der Dinge
aufgemalt; er nimmt ihn nicht hinein.
Nur sein Fühlen rührt sich, so als finge
es die Welt in kleinen Wellen ein:

eine Stille, einen Widerstand –,
und dann scheint er wartend wen zu wählen:
hingegeben hebt er seine Hand,
festlich fast, wie um sich zu vermählen.

Das Kind

Unwillkürlich sehn sie seinem Spiel
lange zu; zuweilen tritt das runde
seiende Gesicht aus dem Profil,
klar und ganz wie eine volle Stunde,

welche anhebt und zu Ende schlägt.
Doch die Andern zählen nicht die Schläge,
trüb von Mühsal und vom Leben träge;
und sie merken gar nicht, wie es trägt –,

wie es alles trägt, auch dann, noch immer,
wenn es müde in dem kleinen Kleid
neben ihnen wie im Wartezimmer
sitzt und warten will auf seine Zeit.

»Was bin ich unter diese Unendlichkeit gelegt?«

Dame auf einem Balkon

Plötzlich tritt sie, in den Wind gehüllt,
licht in Lichtes, wie herausgegriffen,
während jetzt die Stube wie geschliffen
hinter ihr die Türe füllt

dunkel wie der Grund einer Kamee,
die ein Schimmern durchlässt durch die Ränder;
und du meinst der Abend war nicht, ehe
sie heraustrat, um auf das Geländer

noch ein wenig von sich fortzulegen,
noch die Hände, – um ganz leicht zu sein:
wie dem Himmel von den Häuserreihn
hingereicht, von allem zu bewegen.

Dame vor dem Spiegel

Wie in einem Schlaftrunk Spezerein,
löst sie leise in dem flüssigklaren
Spiegel ihr ermüdetes Gebaren;
und sie tut ihr Lächeln ganz hinein.

Und sie wartet, dass die Flüssigkeit
davon steigt; dann gießt sie ihre Haare
in den Spiegel und, die wunderbare
Schulter hebend aus dem Abendkleid,

trinkt sie still aus ihrem Bild. Sie trinkt,
was ein Liebender im Taumel tränke,
prüfend, voller Misstraun; und sie winkt

erst der Zofe, wenn sie auf dem Grunde
ihres Spiegels Lichter findet, Schränke
und das Trübe einer späten Stunde.

»Was bin ich unter diese Unendlichkeit gelegt?«

Übung am Klavier

Der Sommer summt. Der Nachmittag macht müde;
sie atmete verwirrt ihr frisches Kleid
und legte in die triftige Etüde
die Ungeduld nach einer Wirklichkeit,

die kommen konnte: morgen, heute Abend –,
die vielleicht da war, die man nur verbarg;
und vor den Fenstern, hoch und alles habend,
empfand sie plötzlich den verwöhnten Park.

Da brach sie ab; schaute hinaus, verschränkte
die Hände; wünschte sich ein langes Buch –
und schob auf einmal den Jasmingeruch
erzürnt zurück. Sie fand, dass er sie kränkte.

Die Liebende

Das ist mein Fenster. Eben
bin ich so sanft erwacht.
Ich dachte, ich würde schweben.
Bis wohin reicht mein Leben,
und wo beginnt die Nacht?

Ich könnte meinen, alles
wäre noch Ich ringsum;
durchsichtig wie eines Kristalles
Tiefe, verdunkelt, stumm.

Ich könnte auch noch die Sterne
fassen in mir; so groß
scheint mir mein Herz; so gerne
ließ es ihn wieder los

den ich vielleicht zu lieben,
vielleicht zu halten begann.
Fremd, wie niebeschrieben
sieht mich mein Schicksal an.

Was bin ich unter diese
Unendlichkeit gelegt,
duftend wie eine Wiese,
hin und her bewegt,

»Was bin ich unter diese Unendlichkeit gelegt?«

rufend zugleich und bange,
dass einer den Ruf vernimmt,
und zum Untergange
in einem Andern bestimmt.

Der Leser

Wer kennt ihn, diesen, welcher sein Gesicht
wegsenkte aus dem Sein zu einem zweiten,
das nur das schnelle Wenden voller Seiten
manchmal gewaltsam unterbricht?

Selbst seine Mutter wäre nicht gewiss,
ob *er* es ist, der da mit seinem Schatten
Getränktes liest. Und wir, die Stunden hatten,
was wissen wir, wieviel ihm hinschwand, bis

er mühsam aufsah: alles auf sich hebend,
was unten in dem Buche sich verhielt,
mit Augen, welche, statt zu nehmen, gebend
anstießen an die fertig-volle Welt:

wie stille Kinder, die allein gespielt,
auf einmal das Vorhandene erfahren;
doch seine Züge, die geordnet waren,
blieben für immer umgestellt.

»Denn Bleiben ist nirgends«*

Die Sonnenuhr

Selten reicht ein Schauer feuchter Fäule
aus dem Gartenschatten, wo einander
Tropfen fallen hören und ein Wander-
vogel lautet, zu der Säule,
die in Majoran und Koriander
steht und Sommerstunden zeigt;

nur sobald die Dame (der ein Diener
nachfolgt) in dem hellen Florentiner
über ihren Rand sich neigt,
wird sie schattig und verschweigt –.

Oder wenn ein sommerlicher Regen
aufkommt aus dem wogenden Bewegen
hoher Kronen, hat sie eine Pause;

denn sie weiß die Zeit nicht auszudrücken,
die dann in den Frucht- und Blumenstücken
plötzlich glüht im weißen Gartenhause.

---

* *Duineser Elegien,* I.

Der Balkon

Neapel

Von der Enge, oben, des Balkones
angeordnet wie von einem Maler
und gebunden wie zu einem Strauß
alternder Gesichter und ovaler,
klar im Abend, sehn sie idealer,
rührender und wie für immer aus.

Diese aneinander angelehnten
Schwestern, die, als ob sie sich von weit
ohne Aussicht nacheinander sehnten,
lehnen, Einsamkeit an Einsamkeit;

und der Bruder mit dem feierlichen
Schweigen, zugeschlossen, voll Geschick,
doch von einem sanften Augenblick
mit der Mutter unbemerkt verglichen;

und dazwischen, abgelebt und länglich,
langst mit keinem mehr verwandt,
einer Greisin Maske, unzugänglich,
wie im Fallen von der einen Hand

aufgehalten, während eine zweite
welkere, als ob sie weitergleite,
unten vor den Kleidern hängt zur Seite

von dem Kinder-Angesicht,
das das Letzte ist, versucht, verblichen,
von den Stäben wieder durchgestrichen
wie noch unbestimmbar, wie noch nicht.

Der Ball

Du Runder, der das Warme aus zwei Händen
im Fliegen, oben, fortgibt, sorglos wie
sein Eigenes; was in den Gegenständen
nicht bleiben kann, zu unbeschwert für sie,

zu wenig Ding und doch noch Ding genug,
um nicht aus allem draußen Aufgereihten
unsichtbar plötzlich in uns einzugleiten:
das glitt in dich, du zwischen Fall und Flug

noch Unentschlossener: der, wenn er steigt,
als hätte er ihn mit hinaufgehoben,
den Wurf entführt und freilässt –, und sich neigt
und einhält und den Spielenden von oben
auf einmal eine neue Stelle zeigt,
sie ordnend wie zu einer Tanzfigur,

um dann, erwartet und erwünscht von allen,
rasch, einfach, kunstlos, ganz Natur,
dem Becher hoher Hände zuzufallen.

Buddha in der Glorie

Mitte aller Mitten, Kern der Kerne,
Mandel, die sich einschließt und versüßt, –
dieses Alles bis an alle Sterne
ist dein Fruchtfleisch: Sei gegrüßt.

Sieh, du fühlst, wie nichts mehr an dir hängt;
im Unendlichen ist deine Schale,
und dort steht der starke Saft und drängt.
Und von außen hilft ihm ein Gestrahle,

denn ganz oben werden deine Sonnen
voll und glühend umgedreht.
Doch in dir ist schon begonnen,
was die Sonnen übersteht.

VI.

Sammlung der verstreuten und nachgelassenen Gedichte

Aus den mittleren und späten Jahren (1906–1926)

»Wie hat uns der zu weite Raum verdünnt«

Liebesgedichte (1909–1924)

Liebesanfang

1915

Oh Lächeln, erstes Lächeln, unser Lächeln.
Wie war das Eines: Duft der Linden atmen,
Parkstille hören –, plötzlich in einander
aufschaun und staunen bis heran ans Lächeln.

In diesem Lächeln war Erinnerung
an einen Hasen, der da eben drüben
im Rasen spielte; dieses war die Kindheit
des Lächelns. Ernster schon war ihm des Schwanes
Bewegung eingegeben, den wir später
den Weiher teilen sahen in zwei Hälften
lautlosen Abends. – Und der Wipfel Ränder
gegen den reinen, freien, ganz schon künftig
nächtigen Himmel hatten diesem Lächeln
Ränder gezogen gegen die entzückte
Zukunft im Antlitz.

Vergiss

1909

Vergiss, vergiss und lass uns jetzt nur dies
erleben, wie die Sterne durch geklärten
Nachthimmel dringen; wie der Mond die Gärten
voll übersteigt. Wir fühlten längst schon, wies
spiegelnder wird im Dunkel; wie ein Schein
entsteht, ein weißer Schatten in dem Glanz
der Dunkelheit. Nun aber lass uns ganz
hinübertreten in die Welt hinein
die monden ist –

Gib mir Liebe

1909

Welche Wiesen duften deine Hände?
Fühlst du wie auf deine Widerstände
stärker sich der Duft von draußen stützt.
Drüber stehn die Sterne schon in Bildern.
Gib mir, Liebe, deinen Mund zu mildern;
ach, dein ganzes Haar ist unbenützt.

Sieh, ich will dich mit dir selbst umgeben
und die welkende Erwartung heben
von dem Rande deiner Augenbraun;
wie mit lauter Liderinnenseiten
will ich dir mit meinen Zärtlichkeiten
alle Stellen schließen, welche schaun.

Wie hat uns der zu weite Raum verdünnt

1915

Wie hat uns der zu weite Raum verdünnt.
Plötzlich besinnen sich die Überflüsse.
Nun sickert durch das stille Sieb der Küsse
des bittren Wesens Alsem und Absinth.

Was sind wir viel, aus meinem Körper hebt
ein neuer Baum die überfüllte Krone
und ragt nach dir: denn sieh, was ist er ohne
den Sommer, der in deinem Schoße schwebt.
Bist du's bin ich's, den wir so sehr beglücken?
Wer sagt es, da wir schwinden. Vielleicht steht
im Zimmer eine Säule aus Entzücken,
die Wölbung trägt und langsamer vergeht.

Warst du's, die ich im starken Traum umfing

1924

Warst du's, die ich im starken Traum umfing
und an mich hielt – und der ich mit dem Munde
ablöste von der linken Brust ein Ding,
ein braunes Glasaug wie von einem Hunde,
womit die Kinder spielen …, oder Reh,
wie es als Spielzeug dient? – Ich nahm es mir
erschrocken von den Lippen. Und ich seh,
wie ich dir's zeige und es dann verlier.
Du aber, die das alles nicht erschreckte,
hobst dein Gesicht, als sagte das genug.
Und es schien schauender, seit die entdeckte
geküsste Brust das Auge nicht mehr trug.

Weisst du noch

1914

Weißt du noch: auf deinem Wiesenplatze
las ich dir am schönen Vormittage,
(jenem ersten, den ich aus dem Schatze
einer wunderschönen Zeit gehoben)
las das Lied der Rühmung und der Klage.
Und mir schien dein Leben wie von oben
zuzuhören; wie von jeder Seite
kam es näher; aus dem sanften Rasen
stieg es in die Räume meiner Stimme.
Aber plötzlich, da wir nicht mehr lasen
gab ich dich aus Nachbarschaft und Weite
dir zurück in dein gefühltes Wesen.

Fernesein ist nur ein Lauschen: höre.
Und jetzt bist du diese ganze Stille.
Doch mein Aufblick wird dich immer wieder
sammeln in den lieben: deinen Körper.

Spiegelungen

1924

I

O schöner Glanz des scheuen Spiegelbilds!
Wie darf es glänzen, weil es nirgends dauert.
Der Frauen Dürsten nach sich selber stillts.
Wie ist die Welt mit Spiegeln zugemauert

für sie. Wir fallen in der Spiegel Glanz
wie in geheimen Abfluss unseres Wesens;
sie aber finden ihres dort: sie lesens.
Sie müssen doppelt sein, dann sind sie ganz.

Oh, tritt, Geliebte, vor das klare Glas,
auf dass du seist. Dass zwischen dir und dir
die Spannung sich erneue und das Maß
für das, was unaussprechlich ist in ihr.

Gesteigert um dein Bild: wie bist du reich.
Dein Ja zu dir bejaht dir Haar und Wange;
und überfüllt von solchem Selbstempfange,
taumelt dein Blick und dunkelt im Vergleich.

II

Immer wieder aus dem Spiegelglase
holst du dich dir neu hinzu;
ordnest in dir, wie in einer Vase,
deine Bilder. Nennst es *du*,

dieses Aufblühn deiner Spiegelungen,
die du eine Weile leicht bedenkst,
eh du sie, von ihrem Glück bezwungen,
deinem Leibe wiederschenkst.

III

Ach, an ihr und ihrem Spiegelbilde,
das, wie Schmuck im schonenden Etui,
in ihr dauert, abgelegt ins Milde, –
ruht der Liebende; abwechselnd sie

fühlend und ihr inneres Geschmeid …
Er: kein eignes Bild in sich verschließend;
aus dem tiefen Innern überfließend
von gewusster Welt und Einsamkeit.

Einmal nahm ich zwischen meine Hände dein Gesicht

1913

Einmal nahm ich zwischen meine Hände
dein Gesicht. Der Mond fiel darauf ein.
Unbegreiflichster der Gegenstände
unter überfließendem Gewein.

Wie ein williges, das still besteht,
beinah war es wie ein Ding zu halten.
Und doch war kein Wesen in der kalten
Nacht, das mir unendlicher entgeht.

Oh da strömen wir zu diesen Stellen,
drängen in die kleine Oberfläche
alle Wellen unsres Herzens,
Lust und Schwäche,
und wem halten wir sie schließlich hin?

Ach dem Fremden, der uns missverstanden,
ach dem andern, den wir niemals fanden,
denen Knechten, die uns banden,
Frühlingswinden, die damit entschwanden,
und der Stille, der Verliererin.

Welt war in dem Antlitz der Geliebten

1924

Welt war in dem Antlitz der Geliebten –,
aber plötzlich ist sie ausgegossen:
Welt ist draußen, Welt ist nicht zu fassen.

Warum trank ich nicht, da ich es aufhob,
aus dem vollen, dem geliebten Antlitz
Welt, die nah war, duftend meinem Munde?

Ach, ich trank. Wie trank ich unerschöpflich.
Doch auch ich war angefüllt mit zu viel
Welt, und trinkend ging ich selber über.

Heb mich aus meines Abfalls Finsternissen

1924

Heb mich aus meines Abfalls Finsternissen
in dein Gesicht, das mich so süß erkennt.
Wie war ich, damals, zu dir hingerissen,
in meines Herzens Element.

Nun fiel ich ab und muss mich trübe trösten
mit wirrem, wucherndem Gelüst;
du hast den Innigen, dir Eingeflößten,
Geliebte, nicht zuend geküsst.

Die Sehnsucht, die du namenlos erlitten,
bricht nun in meinen Adern aus und schreit.
Wie trugst du nur in deinen Liebesmitten
die Leere, die den Einsamen entzweit!

Wie das Gestirn

1913

Wie das Gestirn, der Mond, erhaben, voll Anlass,
plötzlich die Höhn übertritt, die entworfene Nacht
gelassen vollendend: siehe: so steigt mir
rein die Stimme hervor aus Gebirgen des Nichtmehr.
Und die Stellen, erstaunt, an denen du dawarst und fortkamst,
schmerzen klarer dir nach.

Immer wieder

1914

Immer wieder, ob wir der Liebe Landschaft auch kennen
und den kleinen Kirchhof mit seinen klagenden Namen
und die furchtbar verschweigende Schlucht, in welcher
die anderen
enden: immer wieder gehn wir zu zweien hinaus
unter die alten Bäume, lagern uns immer wieder
zwischen die Blumen, gegenüber dem Himmel.

Lied

Aus den Aufzeichnungen des Malte Laurids Brigge

Du, der ichs nicht sage, dass ich bei Nacht
weinend liege,
deren Wesen mich müde macht
wie eine Wiege.
Du, die mir nicht sagt, wenn sie wacht
meinetwillen:
wie, wenn wir diese Pracht
ohne zu stillen
in uns ertrügen?
…………………………………………..

Sieh dir die Liebenden an,
wenn erst das Bekennen begann,
wie bald sie lügen.
…………………………………………

Du machst mich allein. Dich einzig kann ich vertauschen.
Eine Weile bist du's, dann wieder ist es das Rauschen,
oder es ist ein Duft ohne Rest.
Ach, in den Armen hab ich sie alle verloren,
du nur, du wirst immer wieder geboren:
weil ich niemals dich anhielt, halt ich dich fest.

Diese Karte entnahm ich dem Buch:

____

☐ Bitte senden Sie mir Ihr Büchermagazin.

☐ Bitte informieren Sie mich über Ihre Neuerscheinungen.

☐ Ja, ich möchte Ihren Newsletter erhalten.

Alle Informationen unter www.verlagshausroemerweg.de

bup BERLIN UNIVERSITY PRESS

CORSO

weimarer verlagsgesellschaft

EDITION ERDMANN

Waldemar Kramer

marixverlag

Absender

Name, Vorname

Straße, Nr.

Plz, Ort

Telefonnummer *

Faxnummer *

E-Mail *

Unterschrift

* freiwillige Angabe

Für Ihre schnelle Anfrage:
info@verlagshausroemerweg.de

Bitte
ausreichend
frankieren

Rückantwort

Verlagshaus Römerweg GmbH
Römerweg 10
D-65187 Wiesbaden

»Was sich ins Bleiben verschliesst, schon ists das Erstarrte«*

Wandlungsgedichte (1906–1924)

Indem das Leben nimmt und gibt und nimmt

1906

Indem das Leben nimmt und gibt und nimmt
entstehen wir aus Geben und aus Nehmen:
ein Schwankendes, sich Wandelndes, ein Schemen
und doch in unserer Seele so bestimmt

hindurchzugehn durch dieses Sich-verschieben
unangezweifelt, aufrecht, unbeirrt
von Tag zu Nacht, von Nacht zu Tag getrieben,
aus denen unaufhaltsam Leben wird

von unserm Leben, Blut von unserm Blut,
Lust von der unsern, Leid das wir erkennen,

* *Die Sonette an Orpheus, Zweiter Teil,* XII.

von dem wir uns auf einmal wieder trennen
weil unsre Seele, einsam, schon geruht

vorauszugehn …

Oh Leben Leben, wunderliche Zeit

1913/14

Oh Leben Leben, wunderliche Zeit
von Widerspruch zu Widerspruche reichend
im Gange oft so schlecht so schwer so schleichend
und dann auf einmal, mit unsäglich weit
entspannten Flügeln, einem Engel gleichend:
Oh unerklärlichste, oh Lebenszeit.

Von allen großgewagten Existenzen
kann eine glühender und kühner sein?
Wir stehn und stemmen uns an unsre Grenzen
und reißen ein Unkenntliches herein,

....

… Und sagen sie das Leben sei ein Traum

1906

… Und sagen sie das Leben sei ein Traum: das nicht;
nicht Traum allein. Traum ist ein Stück vom Leben.
Ein wirres Stück, in welchem sich Gesicht
und Sein verbeißt und ineinanderflicht
wie goldne Tiere, Königen von Theben
aus ihrem Tod genommen (der zerbricht).

Traum ist Brokat der von dir niederfließt,
Traum ist ein Baum, ein Glanz der geht, ein Laut –;
ein Fühlen das in dir beginnt und schließt
ist Traum; ein Tier das dir ins Auge schaut
ist Traum; ein Engel welcher dich genießt
ist Traum. Traum ist das Wort, das sanften Falles
in dein Gefühl fällt wie ein Blütenblatt
das dir im Haar bleibt: licht, verwirrt und matt –,
hebst du die Hände auf: auch dann kommt Traum,
kommt in sie wie das Fallen eines Balles –;
fast alles träumt –,
du aber trägst das alles.

Du trägst das alles. Und wie trägst du's schön.
So wie mit deinem Haar damit beladen.
Und aus den Tiefen kommt es, von den Höhn
kommt es zu dir und wird von deinen Gnaden …

Da wo du bist hat nichts umsonst geharrt,
um dich die Dinge nehmen nirgend Schaden,
und mir ist so als hätt ich schon gesehn,
dass Tiere sich in deinen Blicken baden
und trinken deine klare Gegenwart.

Nur wer du bist: das weiß ich nicht. Ich weiß
nur deinen Preis zu singen: Sagenkreis
um eine Seele,
Garten um ein Haus,
in dessen Fenstern ich den Himmel sah –,

Oh so viel Himmel, ziehend, von so nah;
oh so viel Himmel über so viel Ferne.

Und wenn es Nacht ist –: was für große Sterne
müssen sich nicht in diesen Fenstern spiegeln …

Vorfrühling

1924

Härte schwand. Auf einmal legt sich Schonung
an der Wiesen aufgedecktes Grau.
Kleine Wasser ändern die Betonung.
Zärtlichkeiten, ungenau,

greifen nach der Erde aus dem Raum.
Wege gehen weit ins Land und zeigens.
Unvermutet siehst du seines Steigens
Ausdruck in dem leeren Baum.

Wilder Rosenbusch

1924

Wie steht er da vor den Verdunkelungen
des Regenabends; jung und rein;
in seinen Ranken schenkend ausgeschwungen
und doch versunken in sein Rose-sein;

die flachen Blüten, da und dort schon offen,
jegliche ungewollt und ungepflegt:
so, von sich selbst unendlich übertroffen
und unbeschreiblich aus sich selbst erregt,

ruft er dem Wandrer, der in abendlicher
Nachdenklichkeit den Weg vorüberkommt:
Oh sieh mich stehn, sieh her, was bin ich sicher
und unbeschützt und habe was mir frommt.

Spaziergang

1924

Schon ist mein Blick am Hügel, dem besonnten,
dem Wege, den ich kaum begann, voran.
So fasst uns das, was wir nicht fassen konnten,
voller Erscheinung, aus der Ferne an –

und wandelt uns, auch wenn wirs nicht erreichen,
in jenes, das wir, kaum es ahnend, sind;
ein Zeichen weht, erwidernd unserm Zeichen …
Wir aber spüren nur den Gegenwind.

Oh sage, Dichter, was du tust?

1921

Oh sage, Dichter, was du tust?
– Ich rühme.

Aber das Tödliche und Ungetüme,
wie hältst du's aus, wie nimmst du's hin?
– Ich rühme.

Aber das Namenlose, Anonyme,
wie rufst du's, Dichter, dennoch an?
– Ich rühme.

Woher dein Recht, in jeglichem Kostüme,
in jeder Maske wahr zu sein?
– Ich rühme.

Und dass das Stille und das Ungestüme
wie Stern und Sturm dich kennen?
: – weil ich rühme.

Berühre ruhig mit dem Zauberstabe

1924

Berühre ruhig mit dem Zauberstabe
das Ungenaue, das du um mich scharst,
und du wirst wieder wissen, wie du Knabe
und in der Dinge Freundschaft warst.

Berühre nochmals, und es wird sich zeigen,
dass dich die Liebende empfing,
weil aller Glanz, den Himmlische verschweigen,
aus deinem Neigen in sie überging.

Ein drittes Mal berühr, um zu erfahren,
dass Macht sich gibt und sich entzieht,
und nun sei rein in deinem Offenbaren
und sage dienend, was geschieht.

Mein scheuer Mondschatten

1922

Mein scheuer Mondschatten spräche gern
mit meinem Sonnenschatten von fern
in der Sprache der Toren;
mitten drin ich, ein beschienener Sphinx,
Stille stiftend, nach rechts und links
hab ich die beiden geboren.

Es winkt zu Fühlung fast aus allen Dingen

1914

Es winkt zu Fühlung fast aus allen Dingen,
aus jeder Wendung weht es her: Gedenk!
Ein Tag, an dem wir fremd vorübergingen,
entschließt im Künftigen sich zum Geschenk.

Wer rechnet unseren Ertrag? Wer trennt
uns von den alten, den vergangnen Jahren?
Was haben wir seit Anbeginn erfahren,
als dass sich eins im anderen erkennt?

Als dass an uns Gleichgültiges erwarmt?
Oh Haus, oh Wiesenhang, oh Abendlicht,
auf einmal bringst du's beinah zum Gesicht
und stehst an uns, umarmend und umarmt.

Durch alle Wesen reicht der *eine* Raum:
Weltinnenraum. Die Vögel fliegen still
durch uns hindurch. Oh, der ich wachsen will,
ich seh hinaus, und *in* mir wächst der Baum.

Ich sorge mich, und in mir steht das Haus.
Ich hüte mich, und in mir ist die Hut.
Geliebter, der ich wurde: an mir ruht
der schönen Schöpfung Bild und weint sich aus.

Empfange nun von manchem Zweig ein Winken

1924

Empfange nun von manchem Zweig ein Winken,
als sei's ein Grüßen oder Wiedersehn;
und, wie die Schalen, draus die Vögel trinken,
lass selbst den Regen spiegelnd in dir stehn.

Nichts geht verloren, alles gibt sich weiter.
Wer es im Innersten begreift der steigt,
und oben ist das Ende seiner Leiter
ans Gleichgesinnte sicher angeneigt.

Irgendwo blüht die Blume des Abschieds

1924

Irgendwo blüht die Blume des Abschieds und streut
immerfort Blütenstaub, den wir atmen, herüber;
auch noch im kommendsten Wind atmen wir Abschied.

Sei allem Abschied voran

Die Sonette an Orpheus, Zweiter Teil, XIII (1922)

Sei allem Abschied voran, als wäre er hinter
dir, wie der Winter, der eben geht.
Denn unter Wintern ist einer so endlos Winter,
dass, überwinternd, dein Herz überhaupt übersteht.

Sei immer tot in Eurydike –, singender steige,
preisender steige zurück in den reinen Bezug.
Hier, unter Schwindenden, sei, im Reiche der Neige,
sei ein klingendes Glas, das sich im Klang schon zerschlug.

Sei – und wisse zugleich des Nicht-Seins Bedingung,
den unendlichen Grund deiner innigen Schwingung,
dass du sie völlig vollziehst dieses einzige Mal.

Zu dem gebrauchten sowohl, wie zum dumpfen und stummen
Vorrat der vollen Natur, den unsäglichen Summen,
zähle dich jubelnd hinzu und vernichte die Zahl.

Öfter, fühlend

1913

Öfter, fühlend wie die unerschöpften Fernen

Oh wie fallen auch noch die geköpften
Blumen mehrend in den Überfluss.

Auch noch Verlieren ist unser

1924

Auch noch Verlieren ist *unser*; und selbst das Vergessen
hat noch Gestalt in dem bleibenden Reich der Verwandlung.
Losgelassenes kreist; und sind wir auch selten die Mitte
einem der Kreise: sie ziehn um uns die heile Figur.

Nachwort

»Du musst das Leben nicht verstehen«. Rainer Maria Rilkes Lebensformel- und Dichtungstheorie

Bei der Gedenkrede für den knapp zwei Monate vorher verstorbenen Rainer Maria Rilke bezeichnet Stefan Zweig ihn als einen Dichter im reinen und vollkommenen, gleichsam »orphischen« Sinn des Wortes.* »[E]inzig in ihm von uns allen«, so sagt er, »war das Wort schon vollkommen Musik.«** Rilke war nicht nur einer der bedeutendsten deutschen Dichter, sondern einer der einflussreichsten Lyriker überhaupt. Was seine Sprache damals wie heute so außergewöhnlich erscheinen lässt und die Faszination erklärt, die er auf unzählige Leser noch immer ausübt, ist Rilkes Fähigkeit, Worte zu finden für dasjenige, was sich von Natur aus der Sprache entzieht: jene Zwischenbereiche, in denen Leben und Tod, Kindheit und Erwachsenenalter, Eigenes und Fremdes, Nähe und Ferne, Liebe und Zerstörung einander berühren und nahtlos ineinander übergehen. Indem Rilke in diese Bereiche mit immer neuen Bildern und Vergleichen vorzudringen versucht, erschließt er dem Wort Dimensionen, die jenseits seiner fest abgesteckten Grenzen von sprachlichem Zeichen und dadurch transportiertem Sinn liegen, macht es bedeutungsoffen für eine Sprache, die, wie

* Vgl. Donald A. Prater (Hrsg.): *Rainer Maria Rilke und Stefan Zweig in Briefen und Dokumenten*, Frankfurt am Main/Leipzig: Insel Verlag 1987, S. 113.

** A.a.O.

Zweig in seiner Rede treffend beobachtet, »noch einmal so erstmalig neu ersteht, als wäre sie niemals von Millionen Lippen zerschwatzt und in Millionen Lettern zermahlen gewesen [...].«*

Will man Rilkes Dichtung charakterisieren, fällt einem unweigerlich ein Vers aus seiner frühen Gedichtsammlung *Mir zur Feier* ein, der auch titelgebend für diese Anthologie ist: »Du musst das Leben nicht verstehen«. Die Möglichkeiten, die sich demjenigen darbieten, der dieser tröstlich-liebevollen Mahnung nachkommt, beschreibt das lyrische Ich plastisch in den folgenden Versen: »dann wird es werden wie ein Fest./ Und lass dir jeden Tag geschehen/ so wie ein Kind im Weitergehen/ von jedem Wehen/ sich viele Blüten schenken lässt.«** Zwei Lebensbereiche werden hier einander gegenübergestellt: Die Welt des Kindes, das die Geschenke des Lebens arglos annimmt, ja dieses Beschenkt-Werden als etwas ihm zutiefst Zustehendes betrachtet***, und die Welt des Erwachsenen, der diese kindliche Unbefangenheit im täglichen Erleben und Empfinden verloren hat, und der, um existieren zu können, die Dinge verstehen muss, sich dadurch jedoch immer weiter und immer endgültiger von der Sphäre des Kindes entfernt. Dies ist der Grund, warum dem Kind und auch der Kindheit als solcher in Rilkes Dichtung eine so zentrale Rolle zukommt. Das Kind steht

* A.a.O., S. 115.

** Vgl. S. 19 dieser Ausgabe.

*** Weiter heißt es in dem Gedicht nämlich: »Sie [die Blüten] aufzusammeln und zu sparen,/ das kommt dem Kind nicht in den Sinn./ Es löst sie leise aus den Haaren,/ drin sie so gern gefangen waren,/ und hält den lieben jungen Jahren/ nach neuen seine Hände hin.«

– in konkretem und übertragenem Sinn wie etwa in Gestalt von Liebenden, jungen Mädchen oder Engeln – allegorisch ein für den Verlust eines mutig-unvoreingenommenen Zugehens auf alles, was zum Menschsein gehört, für die beglückende Schönheit, aber auch die furchteinflößenden Schattenseiten des Lebens. Zugleich jedoch – und das macht Rilkes Dichtung so »tröstlich« und diesseitsbezogen – wird das Kind-Sein dem Leser als etwas vor Augen gestellt, was er täglich neu lernen und wodurch er sein Leben immens bereichern kann.

Bei aller thematischer, motivischer oder sprachlicher Unterschiedlichkeit eint Rilkes Gedichtsammlungen das Moment einer immer wieder neuen (kindlichen) Aneignung der Welt, des Gegenübers, aber auch des eigenen Selbst, eine Aneignung, die man treffender noch als buchstäblich zu lesende »An-verwandlung« bezeichnen könnte. Denn Verwandlung von Schönem in Schreckliches, von Leben in Tod, von der Kindheit ins Erwachsenenalter, vom eigenen Selbst in das unnahbare Fremde, von Nähe in Ferne und von Liebe in Zerstörung, kurz: ein nie zur Ruhe kommendes, zyklisches »Werden«, das der Dichter ausdrücklich *wertfrei* im Sinne einer »Leidenschaft zum Ganzen« verstanden wissen will, ist Wesensmerkmal und Motor von jedem Rilke-Gedicht.* Außerdem ist es tiefster Ausdruck der eigenen Lebenshaltung eines Menschen, der die Schattenseiten des Lebens selbst mehr als manch anderer leidvoll erfahren musste. Als René Karl Wilhelm Johann

* Gleichnishaft drückt sich diese Poetik in dem mit »Wolle die Wandlung« betitelten zwölften Sonett des *Zweiten Teils* der *Sonette an Orpheus* aus.

Josef Maria Rilke am 4. Dezember 1875 in Prag geboren, besuchte Rilke im Alter von zehn Jahren auf den Druck seiner Eltern hin eine Militärrealschule zur Vorbereitung einer Offizierslaufbahn, war sechs Jahre später wegen Krankheit jedoch gezwungen, sie abzubrechen. Dank Privatunterricht gelang es ihm dennoch, sein Abitur abzulegen und ein Literatur-, Kunstgeschichts- und Philosophiestudium in Prag, München und Berlin aufzunehmen. In München machte er die für ihn einschneidende und für sein gesamtes späteres Leben und künstlerisches Schaffen wegweisende Bekanntschaft der Schriftstellerin und Psychoanalytikerin Lou Andreas-Salomé, in die er sich heftig verliebte. Obwohl Rilke nur ein verhältnismäßig kurzes Leben vergönnt war, denn er starb am 29. Dezember 1926 knapp einundfünfzigjährig an Leukämie, unternahm er zeitlebens ausgedehnte Reisen, u.a. nach Russland, Italien, Spanien, Ägypten und Afrika, deren zahlreiche Eindrücke er in seinen Gedichten verarbeitete. Trotz vieler Krisen und persönlicher Schicksalsschläge – neben seiner Leukämieerkrankung etwa das Scheitern seiner Liebesbeziehung zu Lou Andreas-Salomé und zu seiner Ehefrau Clara Rilke – stimmte Rilke dem menschlichen Dasein als Ganzem stets vorbehaltlos und leidenschaftlich in der unerschütterlichen Überzeugung zu, dass die Rühmung des Lebens sein dichterischer Auftrag sei und ihn als Menschen überhaupt erst seine Möglichkeiten in vollem Umfang ausschöpfen ließe.

Die vorliegende Gedichtsammlung hat eine Auswahl der schönsten Gedichte von Rainer Maria Rilke zusammengestellt. Sie gliedert sich in insgesamt sechs Abteilungen, die in chronologischer Anordnung einen Überblick über die einzelnen Schaffensphasen des Dichters geben sollen. Rilkes frühe Phase setzt mit der Gedichtsammlung *Mir zur Feier* (1897–1898) ein, in dem die beständige Anverwandlung des Ichs geradezu repräsentativ vollzogen wird: Die viel beschworenen Schwellensituationen werden hier allegorisch im Bild der jungen Mädchen, des Engels, der Nacht und Gott verdichtet und in den für die Epoche des Jugendstils typischen Topoi von lebendiger Fülle (hierfür steht die Frühjahr-Sommer-Jahreszeitenmetaphorik ein) bzw. Vergänglichkeit (Herbst- und Traum-/Sehnsuchtsmetaphorik) symbolisch ausdifferenziert. Im *Stundenbuch* (1899–1903), das Rilkes mittlere Schaffensphase einleitet, tritt das lyrische Ich – der Name der Sammlung besagt es bereits – in einen nicht abreißenden Dialog mit einem Du, das abwechselnd als Gott, als nicht näher bezeichnetes dingliches Gegenüber, als eine Art Alter Ego des Sprechers und als Geliebte in Erscheinung tritt. Weit stärker noch als in *Mir zur Feier* wird hier dem Schrecklichen in Gestalt von Armut, Verfall, Einsamkeit und Todesangst Raum gegeben, während das Ich diesen existentiell bedrohlichen Zustand in immer neuen Anrufungen des Gegenübers sprachlich umkreist und in der dichterischen Aneignung zu bewältigen versucht. Das *Buch der Bilder* (1902 und 1906) schließlich ist, obwohl zeitlich noch Teil der mittleren Schaffensphase von Rilke, bereits an der Schwelle zur späten Schaffensphase des Dichters angesiedelt, denn in ihm ist bereits eine Wandlung zur Poetik des so genannten »sachlichen Sagens« erkennbar: Statt des liedhaften, Augenblicksstimmungen und Übergangssphären einfangenden Sprachgestus von *Mir zur Feier* und des *Stun-*

denbuchs stehen jetzt »Bilder« im Fokus des Sujets – etwa ein Herbsttag, die Stille, Musik oder ein Lesender –, die möglichst objektiv beschrieben werden sollen, gleichwohl wieder mit dem Ziel, etwas Subjektives, im Grenzbereich zwischen Kunst und Leben, Individualität und Gemeinschaft, Klang und Stille Angelegtes und sich den Möglichkeiten der Sprache letztlich Entziehendes in Worte zu fassen.

Die *Neuen Gedichte* (1906–1907) und *Der Neuen Gedichte anderer Teil* (1907–1908) leiten dann Rilkes Spätphase und damit seine neue Poetik endgültig ein: Nicht mehr der sympathetische Gleichklang aller »Dinge«, an dem das lyrische Ich teilhat und in den es selbst mit eingeht, wird hier heraufbeschworen, sondern das einzelne Ding steht für sich allein, »fugenlos und hermetisch verschlossen in seinem eigenen Selbst«*, wie Stefan Zweig es in seiner Rilke-Gedenkrede treffend charakterisiert. Orientiert an den künstlerischen Arbeiten des französischen Bildhauers Auguste Rodin und des französischen Malers Paul Cézanne gelingt es Rilke die Sprache selbst, und nicht mehr das lyrische Ich, in einen Dialog mit dem Redegegenstand – eine Treppe, ein Balkon, ein Tier, eine Pflanze, ein Herbsttag u. Ä. – treten zu lassen, und diesen in seinem Sein so scharf abzubilden, wie der Bildhauer seinen Gegenstand in Stein meißelt oder der Maler dessen Formen und Farben auf die Leinwand überträgt. Die Sprache wird Rilke auf diese Weise zum formgebenden Material, zur »marmornen Plastik«**, die das Sujet in ebenjenem Moment erschafft, in dem sie es dem Leser vor Augen

* Vgl. *Rainer Maria Rilke und Stefan Zweig in Briefen und Dokumenten,* S. 123.

** A.a.O., S. 122.

stellt, wodurch die an sich unüberwindbaren Grenzen zwischen dem sprachlichem Zeichen und dem dadurch transportierten Sinn momenthaft aufgehoben und ineinander überführt werden. Auf der Höhe seines Könnens angelangt, verschafft Rilke in seiner dichterischen Spätphase nun jenen »Räumen des Übergangs«, die zwischen Beginn und Ende liegen, mit einer Meisterschaft Ausdruck, die in dieser Form von nur ganz wenigen Dichtern vor und nach ihm erreicht wurde und seinen bis heute ungebrochenen Reiz begründet. Dieser Reiz erklärt sich nicht zuletzt dadurch, dass den Versen bei allem mitunter furchteinflößenden Inhalt zum Trotz etwas Kraftvolles, Mutiges und Tröstliches innewohnt, das aus der Unbedingtheit resultiert, mit der sich der Dichter den menschlichen Grundfragen näherte.

Untergliedert in zwei thematische Rubriken versammelt der letzte Teil der Gedichtanthologie eine Auswahl der schönsten verstreuten und nachgelassenen Gedichte Rilkes, die aus den Jahren 1906 bis 1926 datieren. Erneut zeigt sich hier das Grundthema von Rilkes Poetik – die unablässige Wandlung allen Seins, die sich paradigmatisch in den beiden »großen Fragen« des menschlichen Lebens, der Liebe und dem Tod, manifestiert, sowie die Grundhaltung, mit welcher der Dichter und der Mensch Rainer Maria Rilke diesem Umstand begegnet: mit der vertrauensvoll-liebenden Hingabe des Kindes, das »sich alles geschehen lässt« und das Leben »nicht verstehen« will.

Stefanie Evita Schaefer